言語知識、讀解、聽解三合一

林士鈞老師

著

一考就上！
新日檢
N2 新版
全科總整理

序

《全科總整理》系列是我多年前出的書了，是我的日檢書當中最完整，不只是從N5到N1，也涵蓋了文字、語彙、文法等言語知識，甚至也有一些讀解和聽解的練習，讓考生可以提前瞭解出題方向。

多年前？是的，我不否認。同時我也不否認我是新日檢年代台灣日檢書的第一人，不只是最早出書、出最多書、也是賣最多書的。

過去幾年，我也曾協助其他出版社審訂一些日本知名出版社的日檢版權書，在台灣也有相當不錯的銷量。現在回頭來看，這麼多年下來，我的這套書一點都沒有退流行，比起日本的書也一點都不遜色，這三個第一也算是當之無愧。

「N5」算是學日文的適性測驗，範圍大約是初級日文的前半，從50音開始，到基本的動詞變化為止。如果你通過N5，表示你和日文的緣分沒問題，可以繼續走下去。

「N4」涵蓋了所有初級日文的範圍，所有的助詞、所有的補助動詞、所有的動詞變化都在考試範圍內。所以我才說N4最重要，不是考過就好，而是考愈高分愈好。如果N4可以考到130分以上，表示你的初級日文學得紮實，進入下一個階段會很輕鬆。

「N3」是個神祕的階段，我的意思是很多教學單位喜歡裝神弄鬼騙你。說穿了，就是中級日文前半的範圍，和初級日文最大的差異需要的是閱讀能力。如果你發現搞不定N3，記得回到初級日文複習N4文法，而不是硬學下去。

「N2」是中級日文的所有範圍，我認為需要好好學，但是台灣因為有些同學資質好，不小心就低空飛過，結果卻因為不是真的懂，種下日後 N1 永遠過不了的命運，這點請大家小心。

　　「N1」屬於高級日文，聽起來就很高級，不只要花很多很多的時間，也要有很好很好的基礎才能通過。不過請記住，通過 N1 不是學習日文的終點，而是進入真實日文世界的起點。

　　囉嗦完畢，老師就送各位安心上路吧。祝福各位在學習日文的路上，一路好走。

戰勝新日檢，
掌握日語關鍵能力

元氣日語編輯小組

　　日本語能力測驗（**日本語能力試驗**）是由「日本國際教育支援協會」及「日本國際交流基金會」，在日本及世界各地為日語學習者測試其日語能力的測驗。自1984年開辦，迄今超過30多年，每年報考人數節節升高，是世界上規模最大、也最具公信力的日語考試。

新日檢是什麼？

　　近年來，除了一般學習日語的學生之外，更有許多社會人士，為了在日本生活、就業、工作晉升等各種不同理由，參加日本語能力測驗。同時，日本語能力測驗實行30多年來，語言教育學、測驗理論等的變遷，漸有改革提案及建言。在許多專家的縝密研擬之下，自2010年起實施新制日本語能力測驗（以下簡稱新日檢），滿足各層面的日語檢定需求。

　　除了日語相關知識之外，新日檢更重視「活用日語」的能力，因此特別在題目中加重溝通能力的測驗。目前執行的新日檢為5級制（N1、N2、N3、N4、N5），新制的「N」除了代表「日語（Nihongo）」，也代表「新（New）」。

新日檢N2的考試科目有什麼？

　　新日檢N2的考試科目為「言語知識・讀解」與「聽解」二大科目，詳細考題如後文所述。

至於新日檢N2總分則為180分，並設立各科基本分數標準，也就是總分須通過合格分數（＝通過標準）之外，各科也須達到一定成績（＝通過門檻），如果總分達到合格分數，但有一科成績未達到通過門檻，亦不算是合格。各級之總分通過標準及各分科成績通過門檻請見下表。

N2總分通過標準及各分科成績通過門檻			
總分通過標準	得分範圍	0~180	
	通過標準	90	
分科成績通過門檻	言語知識（文字‧語彙‧文法）	得分範圍	0~60
		通過門檻	19
	讀解	得分範圍	0~60
		通過門檻	19
	聽解	得分範圍	0~60
		通過門檻	19

從上表得知，考生必須總分90分以上，同時「言語知識（文字‧語彙‧文法）」、「讀解」、「聽解」皆不得低於19分，方能取得N2合格證書。

而從分數的分配來看，「言語知識（文字‧語彙‧文法）」、「聽解」、「讀解」各為60分，分數佔比均為1/3，表示新日檢非常重視聽力與閱讀能力，要測試的就是考生的語言應用能力。

此外，根據官方新發表的內容，新日檢N2合格的目標，是希望考生能理解日常生活中各種狀況的日語，並對各方面的日語能有一定程度的理解。

新日檢N2程度標準		
新日檢N2	閱讀（讀解）	‧對於議題廣泛的報紙、雜誌報導、解說、或是簡單的評論等主旨清晰的文章，閱讀後理解其內容。 ‧閱讀與一般話題相關的讀物，理解文脈或意欲表現的意圖。
	聽力（聽解）	‧在日常生活及一些更廣泛的場合下，以接近自然的速度聽取對話或新聞，理解話語的內容、對話人物的關係、掌握對話要義。

新日檢N2的考題有什麼？

　　要準備新日檢N2，考生不能只靠死記硬背，而必須整體提升日文應用能力。考試內容整理如下表所示：

考試科目（考試時間）		題 型		
		大　　題	內　　容	題 數
言語知識（文字・語彙・文法）・讀解（105分鐘）	文字・語彙	1　漢字讀音	選擇漢字的讀音	5
		2　表記	選擇適當的漢字	5
		3　語形成	派生語及複合語	5
		4　文脈規定	根據句子選擇正確的單字意思	7
		5　近義詞	選擇與題目意思最接近的單字	5
		6　用法	選擇題目在句子中正確的用法	5
	文法	7　文法1（判斷文法型式）	選擇正確句型	12
		8　文法2（組合文句）	句子重組（排序）	5
		9　文章文法	文章中的填空（克漏字），根據文脈，選出適當的語彙或句型	5
	讀解	10　內容理解（短文）	閱讀題目（包含生活、工作等各式話題，約200字的文章），測驗是否理解其內容	5
		11　內容理解（中文）	閱讀題目（評論、解說、隨筆等，約500字的文章），測驗是否理解其因果關係、理由、或作者的想法	9
		12　綜合理解	比較多篇文章相關內容（約600字）、並進行綜合理解	2
		13　主旨理解（長文）	閱讀主旨較清晰的評論文章（約900字），測驗是否能夠掌握其主旨或意見	3
		14　資訊檢索	閱讀題目（廣告、傳單、情報誌、書信等，約700字），測驗是否能找出必要的資訊	2

考試科目 （考試時間）	題　　　型			
		大　　題	內　　容	題　數
聽 解 （ 50 分 鐘 ）	1	課題理解	聽取具體的資訊，選擇適當的答案，測驗是否理解接下來該做的動作	5
	2	重點理解	先提示問題，再聽取內容並選擇正確的答案，測驗是否能掌握對話的重點	6
	3	概要理解	測驗是否能從聽力題目中，理解說話者的意圖或主張	5
	4	即時應答	聽取單方提問或會話，選擇適當的回答	12
	5	統合理解	聽取較長的內容，測驗是否能比較、整合多項資訊，理解對話內容	4

其他關於新日檢的各項改革資訊，可逕查閱「日本語能力試驗」官方網站http://www.jlpt.jp/。

台灣地區新日檢相關考試訊息

測驗日期：每年七月及十二月第一個星期日

測驗級數及測驗時間：N1、N2在下午舉行；N3、N4、N5在上午舉行

測驗地點：台北、桃園、台中、高雄

報名時間：第一回約於三～四月左右，第二回約於八～九月左右

實施機構：財團法人語言訓練測驗中心

（02）2365-5050

http://www.lttc.ntu.edu.tw/JLPT.htm

如何使用本書

STEP 1　分科一一準備：

本書將新日檢N2考試科目，分別依

第一單元　言語知識（文字・語彙）
第二單元　言語知識（文法）
第三單元　讀解
第四單元　聽解

順序排列，讀者可依序學習，或是選擇自己較弱的單元加強。

單元準備要領
每個單元一開始，老師現身說法，教您直接抓到答題技巧，拿下分數。

必考單字整理
本書第一單元「言語知識（文字・語彙）」，以分類方式彙整必考單字，讓您掌握致勝關鍵。

一考就上！新日檢N2
全科總整理

文字・語彙準備要領

　　N2言語知識的「文字・語彙」部分共有六大題。第一大題考漢字的讀音5小題；第二大題考漢字的寫法5小題；第三大題考複合詞6小題；第四大題考克漏字7小題；第五大題考同義字5小題；第六大題考單字用法5小題。

　　本單元中的「必考單字整理」將N2單字整理成「訓讀名詞」、「和語動詞」、「イ形容詞」、「副詞」、「外來語」、「音讀漢語」六部分。每一部分，都是依照音節數、50音順序、以及字型來排列，只要讀者將字義記熟、並配合音檔複誦，定能在短時間內記住所有單字。其中「訓讀名詞」、「和語動詞」、「イ形容詞」是華人學生最需加強的部份，也是考試的重點。

　　單字都記起來後，就可以進行最後的「實力測驗」。「實力測驗」裡的題目，是完全仿照N2能力測驗出題模式所設計的模擬試題。作答完畢後，就可以對答案，並按照最後的中文翻譯以及解析，確認自己記的題目是否已經全部瞭解。

　　許多考生準備N2時，都將重點放在文法。但是臨場考試時，常常因為單字不熟悉，所以句意不懂，結果記住的一大堆片語和文法都無用武之地。此外，根據分析，單字和聽力、閱讀能力也都有直接關係，而且是正相關。也就是單字越高分，聽力和閱讀的分數也越高。各位，請開始認真準備單字吧！

必考單字整理

一　訓讀名詞

　　漢字讀音可分為「音讀」和「訓讀」。「音讀」時，該漢字是以其字音來發音。由於這樣的發音音與中文發音有著一定程度的關聯，所以對華人來說，只要多接觸，一定能夠慢慢掌握發音的規則。另一方面，「訓讀」卻非以字音來發音，而是以字義來發音，正因為該漢字的唸法與漢字的字音無關，所以如果沒學過的訓讀，再怎麼樣也不可能知道應該怎麼發音。因此，本單元整理出了N2考試範圍內的訓讀名詞，並以音節數及五十音順來排列。配合本書所附之音檔，絕對可以幫助讀者在最短的時間內，輕鬆熟記以下的訓讀名詞。

（一）單音節名詞 MP3-01

日文發音	漢字表記	中文翻譯	日文發音	漢字表記	中文翻譯
け	毛	毛髮	ち	血	血液
と	戸	門	ね	根	樹根
は	歯	牙齒	は	葉	葉子
ば	場	地點	ま	間	空隙
み	身	身體	み	実	果實
ゆ	湯	熱水	わ	輪	圓圈

22

23

音檔輔助
跟著音檔複誦，同時增進記憶及聽力！

必考文法分析

一　接尾語・複合語

（一）接尾語 ◎MP3-34

001　～だらけ

意義	滿是～、全是～
連接	【名詞】＋だらけ
例句	■ 交通事故にあった被害者は血だらけであった。
	發生車禍的受害者滿身是血。
	■ 子供たちは泥だらけになって遊んでいる。
	小孩子們玩得滿身泥巴。

002　～っぽい

意義	感到～、容易～
連接	【動詞ます形・イ形容詞（い）・名詞】＋っぽい
例句	■ 年のせいか、このごろ忘れっぽくなってしまった。
	大概是年紀的關係，最近變得很健忘。
	■ あの子は小学生なのに、とても大人っぽい。
	那孩子雖然是小學生，但卻非常有大人樣。

119

二　解析

愛用の時計

愛用的手錶

第一段

> K氏は週末の旅行に出かけるため、用意をととのえていた。服のポケットのなかでは、ラジオが天気予報を告げていた。
>
> 〈あすは、よいお天気でしょう……〉
>
> 楽しげに口笛を吹きながら、K氏はハンカチを出し、腕時計を軽くぬぐった。これは彼のいつもの癖だった。
>
> 癖とはいうものの、頭をかくとか耳をつまむとかいう、意味もない動作とはちがっていた。彼はその時計を大切にしていたのだ。大げさな形容をすれば、愛していたともいえる。

中譯

K先生為了週末的外出旅遊，正在做準備。衣服的口袋裡，收音機預報著天氣。

〈明天會是好天氣吧……〉

開心地吹著口哨，K先生拿出手帕，輕輕地擦拭了手錶。這是他平時的習慣。

雖然叫做習慣，不過卻和抓頭、捏耳朵這些無意義的動作不同。他是很珍惜那隻錶。如果做誇張點的形容，也可以說是愛著它。

198

> 娘が新しく買った水着を着て母親に見せています。娘が着ている水着はどれですか。
>
> 女兒正穿著新買的泳衣給母親看。女兒穿的泳衣是哪一件呢？
>
> 女の人と男の人が話しています。女の人がこれからすることとして最も適切なものはどれですか。
>
> 女人和男人正在說話。女人接著要做的事，最適當的是下列哪一個呢？

二　どの（哪個）

> 女の人が流行のスタイルについて説明しています。どの絵について話していますか。
>
> 女人正在說明關於流行的樣式。正在說明關於哪一幅圖呢？
>
> 男の人と女の人が話しています。どの車にしましたか。
>
> 男人和女人正在說話。決定了哪一部車呢？
>
> アナウンサーがアンケート調査の結果について話しています。その内容に合っているのはどのグラフですか。
>
> 播報員正說明關於問卷調查的結果。符合該內容的是哪一個圖表呢？
>
> 男の人が会場へ行って何をするか話しています。どの順番でしますか。
>
> 男人正說著要去會場做什麼。依什麼順序依序進行呢？

STEP 2

檢測學習成果：

每一單元後皆有模擬試題，閱讀完後，透過實力測驗，幫助您熟悉題型、累積實力。

一考就上！新日檢N2 全科總整理

實力測驗

問題Ⅰ 次の文の（　　）に入れるのに最もよいものを、1・2・3・4から一つ選びなさい。

（　）01 僕の会社はボーナスが出る（　　）今、倒産しそうなんだ。
1 どころか　2 ばかりか　3 ことなく　4 ものなら

（　）02 彼女たちは、一人の男性を（　　）争った。
1 かぎって　2 こめて　3 まわって　4 めぐって

（　）03 円安が進むに（　　）、海外からの観光客が多くなってきた。
1 とって　2 つれて　3 さいして　4 いたって

（　）04 あんなにまじめな彼女が犯人だなんて、信じ（　　）。

（　）08 何もわざわざ社長が行く（　　）。電話で十分だ。
1 はずだ　2 べきだ　3 にちがいない　4 ことはない

（　）09 今まで育ててくれた両親に（　　）いられない。
1 感謝しては　2 感謝せずには
3 感謝するわけには　4 感謝しなくては

（　）10 世界の安全と平和と日本の安全と平和（　　）。
1 わけにはいかない　2 ではいられない
3 になくてはならない　4 にほかならない

問題Ⅱ 次の文の ★ に入る最もよいものを、1・2・3・4から一つ選びなさい。

（　）11 私の気持ちも ＿＿＿ ＿＿＿ ★ ＿＿＿ か、なかなか決められない。
1 言おう　2 言うまい　3 彼女に　4 か

模擬考題
完全模擬新日檢N2實際考題出題，讓您熟悉題型。

STEP 3

厚植應考實力：

做完模擬試題後，接著對答案。有不懂的地方，每一題模擬試題皆有詳盡解析，讓您抓住盲點，補強不足。

一考就上！新日檢N2 全科總整理

中文翻譯及解析

問題Ⅰ 次の文の（　　）に入れるのに最もよいものを、1・2・3・4から一つ選びなさい。（請從1・2・3・4裡面選出一個放進下列句子的括弧中最好的答案。）

（　）01 僕の会社はボーナスが出る（　　）今、倒産しそうなんだ。
1 どころか　2 ばかりか　3 ことなく　4 ものなら
中譯 我的公司不要說是年終了，現在就要倒閉了。
解析 本題測驗接續用法，選項1～どころか是「不要說～甚至還～」；選項2～ばかりか是「不只一連～」；選項3～ことなく是「不～、沒～」；選項4～ものなら是「如果可以～的話」。從前後文可判斷，正確答案為選項1。

（　）02 彼女たちは、一人の男性を（　　）争った。
1 かぎって　2 こめて　3 まわって　4 めぐって
中譯 她們圍繞爭奪著一個男性。
解析 本題測驗複合助動詞，選項1的～かぎって前面通常會接「に」，意思成為「只要～」；選項2構成的～をこめて是「充滿～」的意思；選

（　）03 円安が進むに（　　）、海外からの観光客が多くなってきた。
1 とって　2 つれて　3 さいして　4 いたって
中譯 隨著日圓貶值，從海外來的觀光客漸漸變多了。
解析 本題測驗複合助詞，選項1構成～にとって是「對於～」；選項2構成的～につれて是「隨著～」；選項3構成的～に際して是「在～之際」；選項4構成的～に至って是「直到～」。從前後文可判斷，正確答案為選項2。

（　）04 あんなにまじめな彼女が犯人だなんて、信じ（　　）。
1 ずにはいられない　2 ざるをえない
3 すぎることだ　4 がたいことだ
中譯 那麼老實的她怎麼是兇手，真是難以置信。
解析 本題測驗句尾用法，選項1～ずにはいられない是「不能不～」；選項2～ざるをえない是「不得不～」；選項3的～すぎない是「不超過～」；選項4的～がたい是「難以～」。從前面的～なんて（居然～）可判斷，正確答案為選項4。

（　）05 今朝、電車のドアに挟まれて、（　　）。
1 痛いこともない　2 痛くてたまらない
3 痛いほかない　4 痛さにすぎない
中譯 今早手被電車的車門夾到，痛得不得了。

中文翻譯
每一題模擬試題皆有翻譯，讓您省下查字典時間，並完全了解句意。

完全解析
名師挑出重點做解說，針對陷阱做分析，讓您了解盲點所在，厚植應考實力。

如何掃描 QR Code 下載音檔

1. 以手機內建的相機或是掃描 QR Code 的 App 掃描封面的 QR Code。
2. 點選「雲端硬碟」的連結之後，進入音檔清單畫面，接著點選畫面右上角的「三個點」。
3. 點選「新增至「已加星號」專區」一欄，星星即會變成黃色或黑色，代表加入成功。
4. 開啟電腦，打開您的「雲端硬碟」網頁，點選左側欄位的「已加星號」。
5. 選擇該音檔資料夾，點滑鼠右鍵，選擇「下載」，即可將音檔存入電腦。

目　次

2 作者序　　　　　　　　　　　**4** 戰勝新日檢，掌握日語關鍵能力

8 如何使用本書

21 第一單元　言語知識（文字・語彙）

22 文字・語彙準備要領

23 必考單字整理

23 一　訓讀名詞 ···

23 （一）單音節名詞　　　　　　**24** （二）雙音節名詞

27 （三）三音節名詞　　　　　　**30** （四）四音節名詞

33 （五）五音節名詞

35 二　和語動詞 ···

36 （一）I 類動詞（五段動詞）

　　1.「～う」　　　　　　　　　2.「～く」

　　3.「～す」　　　　　　　　　4.「～つ」

　　5.「～ぶ」　　　　　　　　　6.「～む」

　　7.「～る」

56 （二）II 類動詞（一段動詞）

　　1.「～iる」

　　2.「～eる」

　　　2.1「～える」　　　　　　　2.2「～ける」

　　　2.3「～せる」　　　　　　　2.4「～てる」

2.5「～ねる」 2.6「～べる」

2.7「～める」 2.8「～れる」

67 三 イ形容詞 ···

67 （一）雙音節イ形容詞 **67** （二）三音節イ形容詞

68 （三）四音節イ形容詞 **69** （四）五音節イ形容詞

70 （五）六音節イ形容詞 **70** （六）七音節イ形容詞

71 四 副詞 ···

71 （一）「～て」型 **71** （二）「～と」型

72 （三）「Ａっ Ｂり」型 **73** （四）「ＡＢＡＢ」型

74 五 外來語 ···

74 （一）雙音節外來語 **74** （二）三音節外來語

75 （三）四音節外來語 **76** （四）五音節外來語

77 （五）六音節外來語 **77** （六）七音節外來語

78 六 音讀漢語 ··

96 實力測驗

101 解答、中文翻譯及解析

115 第二單元　言語知識（文法）

116 文法準備要領

119 必考文法分析

119 一　接尾語・複合語 ⋯⋯⋯⋯⋯⋯⋯⋯⋯⋯⋯⋯⋯⋯⋯⋯⋯⋯⋯⋯

119（一）接尾語

001 ～だらけ	002 ～っぽい
003 ～がち	004 ～気味^{ぎみ}
005 ～げ	

121（二）複合語

006 ～かけだ／～かける／～かけの	007 ～きる／～きれる
008 ～ぬく	009 ～得る／～得る／～得ない
010 ～かねない	011 ～かねる
012 ～がたい	

124 二　副助詞 ⋯⋯⋯⋯⋯⋯⋯⋯⋯⋯⋯⋯⋯⋯⋯⋯⋯⋯⋯⋯⋯⋯⋯⋯⋯⋯⋯

013 ～ばかりに	014 ～ばかりか／～ばかりでなく
015 ～のみならず	
016 ～だけ／～だけあって／～だけに／～だけの	
017 ～から～にかけて	018 ～さえ～ば／～さえ～なら
019 ～からこそ	020 ～てこそ
021 ～てまで／～までして	022 ～きり
023 ～やら～やら	

128 三　複合助詞 ⋯⋯⋯⋯⋯⋯⋯⋯⋯⋯⋯⋯⋯⋯⋯⋯⋯⋯⋯⋯⋯⋯⋯⋯

128 （一）「を〜」類

024　〜を中心に（して）／〜を中心として

025　〜を問わず　　　　　　　　026　〜をはじめ

027　〜をもとに／〜をもとにして　028　〜をこめて

029　〜を通じて／〜を通して　　　030　〜をめぐって

031　〜をきっかけに　　　　　　　032　〜を契機に

033　〜を〜として

132 （二）「に〜」類

034　〜において／〜における　　　035　〜に応じて

036　〜に代わって　　　　　　　　037　〜に比べて

038　〜に従って　　　　　　　　　039　〜につれて

040　〜につき　　　　　　　　　　041　〜に伴って

042　〜加えて　　　　　　　　　　043　〜にこたえて

044　〜に沿って　　　　　　　　　045　〜に反して

046　〜に基づいて　　　　　　　　047　〜にわたって

048　〜にあたって　　　　　　　　049　〜にかけては

050　〜に際して　　　　　　　　　051　〜に先立って

052　〜につけ（て）

139 （三）其他複合助詞

053 ～とともに　　　　　　　　054 ～はもとより

055 ～はともかく

140 四　接續用法 ···

056 ～うえ（に）　　　　　　　057 ～うえで

058 ～うえは　　　　　　　　　059 ～上（じょう）

060 ～のもとで／～のもとに　　061 ～というと／～といえば

062 ～といっても　　　　　　　063 ～というより

064 ～といったら　　　　　　　065 ～としたら

066 ～にしたら／～にすれば　　067 ～にしては

068 ～にしろ～にしろ／～にせよ～にせよ

069 ～て以来（いらい）　　　　　070 ～はじめて

071 ～てからでないと／～てからでなければ

072 ～際（さい）に（は）　　　　073 ～最中（さいちゅう）に

074 ～あげく　　　　　　　　　075 ～末（すえ）に

076 ～次第（しだい）　　　　　　077 ～たとたん（に）

078 ～かと思（おも）うと／～かと思（おも）ったら

079 ～か～ないかのうちに　　　080 ～（よ）うか～まいか

081 ～一方（いっぽう）（で）　　082 ～反面（はんめん）／～半面（はんめん）

083 ～かわりに　　　　　　　　084 ～わりに（は）

085 ～ぬきで／～ぬきに／～ぬきの

086 ～ついでに　　　　　　　　087 ～つつ

088 ～ながら　　　　　　　　　089 ～くせに

090 〜にもかかわらず

091 〜にかかわらず / 〜にかかわりなく

092 〜もかまわず　　　　　　093 〜に限らず

094 〜からして　　　　　　　095 〜からすると / 〜からすれば

096 〜から見ると / 〜から見れば / 〜から見て

097 〜からいうと / 〜からいえば / 〜からいって

098 〜からといって　　　　　099 〜からには / 〜からは

100 〜以上 / 〜以上は　　　　101 〜あまり

102 〜かぎり　　　　　　　　103 〜向き

104 〜向け　　　　　　　　　105 〜ことは〜が

106 〜かのように

158 五　句尾用法 ‥‥‥‥‥‥‥‥‥‥‥‥‥‥‥‥‥‥‥‥‥‥‥‥‥‥

107 〜てしかたがない / 〜てしようがない / 〜てしょうがない

108 〜てたまらない　　　　　109 〜てならない

110 〜ていられない　　　　　111 〜てばかりはいられない

112 〜ないではいられない / 〜ずにはいられない

113 〜に限る　　　　　　　　114 〜にきまっている

115 〜にほかならない　　　　116 〜にすぎない

117 〜に相違ない　　　　　　118 〜に違いない

119 〜まい

120 〜（よ）うではないか / 〜（よ）うじゃないか

121 〜ようがない　　　　　　122 〜っこない

123 〜ざるを得ない　　　　　124 〜ないことには〜ない

125 〜おそれがある   126 〜つつある

127 〜一方だ   128 〜ばかりだ
   いっぽう

129 〜次第だ / 〜次第で   130 〜とか
   し だい   し だい

131 〜（さ）せていただきます

167 六 形式名詞 ···

167 （一）「もの」相關用法

132 〜ものだ / 〜もんだ

133 〜ものではない / 〜もんではない

134 〜ものか / 〜もんか   135 〜ものがある

136 〜ものだから / 〜もんだから   137 〜もの / 〜もん

138 〜ものの   139 〜ものなら / 〜もんなら

140 〜というものだ / 〜というもんだ

141 〜というものではない / 〜というもんではない

171 （二）「こと」相關用法

142 〜ことだ   143 〜ことはない

144 〜ないことはない / 〜ないこともない

145 〜ことか   146 〜ことに（は）

147 〜ことなく   148 〜ことから

149 〜ことだから

174 （三）「ところ」相關用法

    150 ～ところだった

    151 ～ところに／～ところへ／～ところを

    152 ～たところ   **153** ～どころか

    154 ～どころではない／～どころじゃない

176 （四）「わけ」相關用法

    155 ～わけだ

    156 ～わけではない／～わけでもない／～わけじゃない

    157 ～わけがない／～わけはない   **158** ～わけにはいかない

178 實力測驗

181 解答、中文翻譯及解析

193 第三單元　讀解

194 讀解準備要領

195 文章閱讀解析

195　一　本文　　　198　二　解析

208 實力測驗

216 解答、中文翻譯及解析

237 第四單元　聽解

238 聽解準備要領

240 必考題型整理

240　一　どれ（哪個）　　　241　二　どの（哪個）

242　三　どう（如何）　　　242　四　どんな（怎樣的）

242　五　何/何（什麼）　　　243　六　どこ（哪裡）

243　七　どうして（為什麼）　243　八　誰（誰）

244　九　どのように（怎樣地）244　十　いくら（多少錢）

244　十一　何曜日、何番、何時（星期幾、幾號、幾點）

245 實力測驗

250 解答、日文原文及中文翻譯

259 附錄　新日檢N2「Can-do」檢核表

言語知識
（文字・語彙）

文字‧語彙準備要領

　　N2言語知識的「文字‧語彙」部分共有六大題。第一大題考漢字的讀音5小題；第二大題考漢字的寫法5小題；第三大題考複合詞5小題；第四大題考克漏字7小題；第五大題考同義字5小題；第六大題考單字用法5小題。

　　本單元中的「必考單字整理」將N2單字整理為「訓讀名詞」、「和語動詞」、「イ形容詞」、「副詞」、「外來語」、「音讀漢語」六部分。每一部分，都是依照音節數、50音順序、以及字型來分類，只要讀者將字義記熟、並配合音檔複誦，定能在短時間內記住所有單字。其中「訓讀名詞」、「和語動詞」、「イ形容詞」是華人學生最需加強的部份，也是考試的重點。

　　單字都記起來後，就可以進行最後的「實力測驗」。「實力測驗」裡的題目，是完全仿照N2能力測驗出題模式所設計的模擬試題。作答完畢後，就可以對答案，並對照最後的中文翻譯以及解析，確認自己錯的題目是否已經全部瞭解。

　　許多考生準備N2時，都將重點放在文法。但是臨場考試時，常常因為單字不熟悉，所以句意不懂，結果記住的一大堆片語和文法都無用武之地。此外，根據分析，單字和聽力、閱讀能力也都有直接關係，而且是正相關。也就是單字越高分，聽力和閱讀的分數也越高。各位，請開始認真準備單字吧！

必考單字整理

一　訓讀名詞

　　漢字讀音可分為「音讀」和「訓讀」。「音讀」時，該漢字是以其字音來發音。由於這樣的發音與中文發音有著一定程度的關聯，所以對華人來說，只要多接觸，一定能夠慢慢掌握發音的規則。另一方面，「訓讀」卻非以字音來發音，而是以字義來發音。正因為該漢字的唸法與漢字的字音無關，所以如果沒學過的詞彙，再怎麼樣也不可能知道應該怎麼發音。因此，本單元整理出了N2考試範圍內的訓讀名詞，並以音節數及五十音順序排列。配合本書所附之音檔，絕對可以幫助讀者在最短的時間內，輕鬆熟記以下的訓讀名詞。

（一）單音節名詞 ◉MP3-01

日文發音	漢字表記	中文翻譯	日文發音	漢字表記	中文翻譯
け	毛	毛髮	ち	血	血液
と	戸	門	ね	根	樹根
は	歯	牙齒	は	葉	葉子
ば	場	地點	ま	間	空隙
み	身	身體	み	実	果實
ゆ	湯	熱水	わ	輪	圓圈

（二）雙音節名詞 ◎ MP3-02

	日文發音	漢字表記	中文翻譯	日文發音	漢字表記	中文翻譯
ア行	あと	跡	痕跡	いき	息	氣息
	いし	石	石頭	いた	板	板子
	いと	糸	絲線	いど	井戸	水井
	いま	居間	客廳	いわ	岩	岩石
	うで	腕	手臂	うま	馬	馬
	うめ	梅	梅子	えだ	枝	樹枝
	おび	帯	腰帶			

	日文發音	漢字表記	中文翻譯	日文發音	漢字表記	中文翻譯
カ行	かい	貝	貝	かお	顔	臉
	かず	数	數目	かた	型	類型
	かみ	神	神	かみ	髪	頭髮
	かわ	皮	外皮	かわ	革	皮革
	きし	岸	岸	きじ	生地	布料
	くだ	管	管子	くつ	靴	鞋子
	くび	首	脖子	くみ	組	班級
	くも	雲	雲	けさ	今朝	今天早上
	こい	恋	戀愛	こえ	声	聲音
	こし	腰	腰	こめ	米	米
	こや	小屋	簡陋的房子			

	日文發音	漢字表記	中文翻譯	日文發音	漢字表記	中文翻譯
サ行	さか	坂	坡道	さけ	酒	酒
	さら	皿	盤子	しお	塩	鹽巴
	しな	品	物品	しま	島	島嶼
	しろ	城	城	すえ	末	末端
	すな	砂	沙子	すみ	隅	角落

	日文發音	漢字表記	中文翻譯	日文發音	漢字表記	中文翻譯
タ行	たけ	竹	竹子	たに	谷	溪谷
	たび	旅	旅行	たま	玉	珠子
	たま	球	球	つぶ	粒	顆粒
	つま	妻	妻子	つゆ	梅雨	梅雨
	どろ	泥	泥巴	てま	手間	費工夫

	日文發音	漢字表記	中文翻譯	日文發音	漢字表記	中文翻譯
ナ行	なか	仲	交情	なみ	波	波浪
	にわ	庭	院子	ぬの	布	布匹
	ねこ	猫	貓	のき	軒	屋簷

	日文發音	漢字表記	中文翻譯	日文發音	漢字表記	中文翻譯
八行	はい	灰	灰燼	はし	橋	橋
	はだ	肌	皮膚	はな	鼻	鼻子
	はね	羽	翅膀、羽毛	はば	幅	幅度
	はら	腹	肚子	はら	原	原野
	はり	針	針	ふで	筆	毛筆
	ふね	船	船	へた	下手	不高明
	へや	部屋	房間			

	日文發音	漢字表記	中文翻譯	日文發音	漢字表記	中文翻譯
マ行	まど	窓	窗戶	みみ	耳	耳朵
	むね	胸	胸膛	むら	村	村莊
	むれ	群れ	群	もと	元	根源
	もり	森	森林			

	日文發音	漢字表記	中文翻譯	日文發音	漢字表記	中文翻譯
ヤ行	やど	宿	住處	やね	屋根	屋頂
	ゆか	床	地板	ゆき	雪	雪
	ゆげ	湯気	蒸氣	ゆび	指	手指
	ゆめ	夢	夢	よこ	横	横

	日文發音	漢字表記	中文翻譯
ワ行	わた	綿	棉花

（三）三音節名詞 ◎MP3-03

<table>
<tr><td rowspan="8">ア行</td><td>日文發音</td><td>漢字表記</td><td>中文翻譯</td><td>日文發音</td><td>漢字表記</td><td>中文翻譯</td></tr>
<tr><td>あいず</td><td>合図</td><td>暗號</td><td>あいて</td><td>相手</td><td>對方</td></tr>
<tr><td>あたま</td><td>頭</td><td>頭</td><td>あまど</td><td>雨戸</td><td>防雨板</td></tr>
<tr><td>いずみ</td><td>泉</td><td>泉水</td><td>いちば</td><td>市場</td><td>市場</td></tr>
<tr><td>いのち</td><td>命</td><td>性命</td><td>いなか</td><td>田舎</td><td>鄉下、故鄉</td></tr>
<tr><td>うえき</td><td>植木</td><td>樹木</td><td>うりば</td><td>売り場</td><td>售貨處</td></tr>
<tr><td>うわぎ</td><td>上着</td><td>外衣、上衣</td><td>えがお</td><td>笑顔</td><td>笑臉</td></tr>
<tr><td>おおや</td><td>大家</td><td>房東</td><td>おっと</td><td>夫</td><td>丈夫</td></tr>
<tr><td>おとな</td><td>大人</td><td>成人</td><td></td><td></td><td></td></tr>
</table>

<table>
<tr><td rowspan="12">カ行</td><td>日文發音</td><td>漢字表記</td><td>中文翻譯</td><td>日文發音</td><td>漢字表記</td><td>中文翻譯</td></tr>
<tr><td>かおり</td><td>香り</td><td>香氣</td><td>かしま</td><td>貸間</td><td>出租的房間</td></tr>
<tr><td>かしや</td><td>貸家</td><td>出租的房子</td><td>かたち</td><td>形</td><td>形狀</td></tr>
<tr><td>かのじょ</td><td>彼女</td><td>她、女朋友</td><td>かわせ</td><td>為替</td><td>匯兌</td></tr>
<tr><td>きいろ</td><td>黄色</td><td>黃色</td><td>きって</td><td>切手</td><td>郵票</td></tr>
<tr><td>きっぷ</td><td>切符</td><td>票</td><td>きもち</td><td>気持ち</td><td>心情</td></tr>
<tr><td>きもの</td><td>着物</td><td>和服</td><td>ぐあい</td><td>具合</td><td>狀況</td></tr>
<tr><td>くすり</td><td>薬</td><td>藥</td><td>けいと</td><td>毛糸</td><td>毛線</td></tr>
<tr><td>けがわ</td><td>毛皮</td><td>皮草</td><td>けむり</td><td>煙</td><td>煙</td></tr>
<tr><td>こおり</td><td>氷</td><td>冰</td><td>ことし</td><td>今年</td><td>今年</td></tr>
<tr><td>ことば</td><td>言葉</td><td>語言</td><td>こども</td><td>子供</td><td>小孩</td></tr>
<tr><td>ことり</td><td>小鳥</td><td>小鳥</td><td>こゆび</td><td>小指</td><td>小指</td></tr>
</table>

	日文發音	漢字表記	中文翻譯	日文發音	漢字表記	中文翻譯
サ行	さかい	境	界線	さかさ	逆さ	顛倒
	さしみ	刺し身	生魚片	しあい	試合	比賽
	しごと	仕事	工作	しらが	白髪	白髮
	しるし	印	記號	じびき	字引	字典
	すまい	住まい	居住	せなか	背中	背

	日文發音	漢字表記	中文翻譯	日文發音	漢字表記	中文翻譯
タ行	たうえ	田植え	插秧	たたみ	畳	榻榻米
	たちば	立場	立場	たまご	卵	蛋
	たより	便り	音訊	つきひ	月日	歲月
	つくえ	机	桌子	であい	出会い	相遇
	でいり	出入り	出入	ていれ	手入れ	保養、修理
	てがみ	手紙	信	でぐち	出口	出口
	てくび	手首	手腕	てまえ	手前	跟前
	とこや	床屋	理髮廳			

	日文發音	漢字表記	中文翻譯	日文發音	漢字表記	中文翻譯
ナ行	なかば	半ば	一半	なかみ	中身	內容
	なまえ	名前	名字	なみき	並木	林蔭
	なみだ	涙	眼淚	にがて	苦手	不擅長
	にもつ	荷物	行李	ねだん	値段	價格

	日文發音	漢字表記	中文翻譯	日文發音	漢字表記	中文翻譯
ハ行	ばあい	場合	情況	はたけ	畑	田、菜園
	はなみ	花見	賞花	ばめん	場面	場景
	はやし	林	樹林	ひざし	日差し	陽光
	ひづけ	日付	日期	ひとり	一人	一個人
	ひので	日の出	日出	ひるま	昼間	白天
	ひるね	昼寝	午睡	ひろば	広場	廣場
	ふとん	布団	棉被			

	日文發音	漢字表記	中文翻譯	日文發音	漢字表記	中文翻譯
マ行	みかた	見方	看法	みかた	味方	我方
	みずぎ	水着	泳衣	みせや	店屋	商店
	みだし	見出し	標題	みどり	緑	綠色
	みなと	港	港口	みぶん	身分	身分
	みやこ	都	首都	みほん	見本	樣本
	みまい	見舞い	慰問	みやげ	土産	禮品
	むかし	昔	以前	むしば	虫歯	蛀牙
	めうえ	目上	長輩、上司	めした	目下	晚輩、部下
	めがね	眼鏡	眼鏡	めやす	目安	目標、標準

	日文發音	漢字表記	中文翻譯	日文發音	漢字表記	中文翻譯
ヤ行	やくめ	役目	職責	ゆうひ	夕日	夕陽
	ゆくえ	行方	行蹤	ゆびわ	指輪	戒指
	よあけ	夜明け	黎明	よなか	夜中	半夜

（四）四音節名詞 ◎MP3-04

	日文發音	漢字表記	中文翻譯	日文發音	漢字表記	中文翻譯
ア行	あけがた	明け方	破曉	あしあと	足跡	腳印
	あしもと	足元	腳下	いきおい	勢い	氣勢、局勢
	いきもの	生き物	生物	いけばな	生け花	插花
	いねむり	居眠り	瞌睡	いりぐち	入り口	入口
	うけつけ	受付	櫃台、受理	うらぐち	裏口	後門
	うりあげ	売上	營業額	うりきれ	売り切れ	售完
	おしいれ	押し入れ	壁櫥	おもいで	思い出	回憶
	おやゆび	親指	大拇指			

	日文發音	漢字表記	中文翻譯	日文發音	漢字表記	中文翻譯
カ行	かきとめ	書留	掛號信	かきとり	書き取り	抄寫
	かしだし	貸し出し	出租	かたみち	片道	單程
	かねもち	金持ち	有錢人	かみさま	神様	神
	かみのけ	髪の毛	頭髮	くだもの	果物	水果
	くちべに	口紅	口紅	くつした	靴下	襪子
	くみあい	組合	工會	こいびと	恋人	情人
	こしかけ	腰掛け	凳子			

	日文發音	漢字表記	中文翻譯	日文發音	漢字表記	中文翻譯
サ行	さいわい	幸い	幸虧	しあわせ	幸せ	幸福
	したがき	下書き	草稿	したまち	下町	傳統工商業區
	しなもの	品物	貨物	しはらい	支払い	付款

サ行	しりあい	知り合い	相識、熟人	しろうと	素人	外行、業餘者
	すえっこ	末っ子	老幺			

夕行	日文發音	漢字表記	中文翻譯	日文發音	漢字表記	中文翻譯
	たてもの	建物	建築物	てあらい	手洗い	洗手間
	てつだい	手伝い	幫忙	てつづき	手続き	手續
	てぶくろ	手袋	手套	でむかえ	出迎え	迎接
	とこのま	床の間	壁龕	ともだち	友達	朋友
	どろぼう	泥棒	小偷			

ナ行	日文發音	漢字表記	中文翻譯	日文發音	漢字表記	中文翻譯
	なかゆび	中指	中指	なかよし	仲良し	親密、好朋友
	ねんげつ	年月	歲月	のりかえ	乗り換え	轉乘
	のりこし	乗り越し	坐過站			

八行	日文發音	漢字表記	中文翻譯	日文發音	漢字表記	中文翻譯
	はいいろ	灰色	灰色	はぐるま	歯車	齒輪
	ははおや	母親	母親	はみがき	歯磨き	刷牙
	はやくち	早口	話說得快	ひあたり	日当たり	日照
	ひがえり	日帰り	當天往返	ひきだし	引き出し	抽屜
	ひきわけ	引き分け	不分勝負	ひっこし	引っ越し	搬家
	ひとこと	一言	一句話	ひとごみ	人込み	人潮
	ひのいり	日の入り	日落	ふみきり	踏み切り	平交道

	日文發音	漢字表記	中文翻譯	日文發音	漢字表記	中文翻譯
マ行	まちがい	間違い	錯誤	まどぐち	窓口	窗口
	まんなか	真ん中	正中央	みおくり	見送り	送行
	みちじゅん	道順	路線	めざまし	目覚まし	提神
	めじるし	目印	記號	ものおき	物置	倉庫
	ものおと	物音	聲響	ものごと	物事	事物

	日文發音	漢字表記	中文翻譯	日文發音	漢字表記	中文翻譯
ヤ行	やくわり	役割	角色	やじるし	矢印	箭頭
	よくばり	欲張り	貪婪	よつかど	四つ角	四個角、十字路口
	よのなか	世の中	世間			

	日文發音	漢字表記	中文翻譯	日文發音	漢字表記	中文翻譯
ラ行	りょうがえ	両替	兌換	りょうがわ	両側	兩側

	日文發音	漢字表記	中文翻譯	日文發音	漢字表記	中文翻譯
ワ行	わりあい	割合	比例	わりびき	割り引き	折扣
	わるくち	悪口	壞話			

（五）五音節名詞 ◎ MP3-05

ア行	日文發音	漢字表記	中文翻譯
	うちあわせ	打ち合わせ	磋商
	おおどおり	大通り	大馬路
	おくりもの	贈り物	禮物
	おとしもの	落とし物	失物

サ行	日文發音	漢字表記	中文翻譯
	さしつかえ	差し支え	妨礙
	すききらい	好き嫌い	好惡、挑剔

タ行	日文發音	漢字表記	中文翻譯
	つきあたり	突き当たり	盡頭
	といあわせ	問い合わせ	詢問

ナ行	日文發音	漢字表記	中文翻譯
	なかなおり	仲直り	和好

ハ行	日文發音	漢字表記	中文翻譯
	はなしあい	話し合い	商量
	はなしちゅう	話し中	談話中
	ひととおり	一通り	大概
	ひとどおり	人通り	行人來往
	ひとやすみ	一休み	休息一下
	ひとりごと	独り言	自言自語

マ行	日文發音	漢字表記	中文翻譯
	まわりみち	回り道	繞路
	ものがたり	物語	故事

ワ行	日文發音	漢字表記	中文翻譯
	わすれもの	忘れ物	忘了拿的東西

二 和語動詞

　　如果將日文的動詞做最簡易的分類，可以分為「漢語動詞」和「和語動詞」。「漢語動詞」指的就是「名詞＋する」這類的動詞。而「和語動詞」，指的是「Ⅰ類動詞」、「Ⅱ類動詞」以及「Ⅲ類動詞」中的「来_くる」。這些動詞的發音均為訓讀，因此無法從漢字去推測其讀音，所以必須一個一個記下來。

　　本單元將新日檢N2範圍的和語動詞先分為「Ⅰ類動詞」、「Ⅱ類動詞」二類。再依型態，以語尾音節整理，並按照五十音順序排列。相信可以幫助考生用最短的時間瞭解相關動詞。此外，考試時的備選答案通常是同型態的動詞，所以同一組的動詞請互相對照發音的異同。

　　考試時，在題目上通常不會出現漢字，因此希望不要依賴漢字去記字義，而是要確實熟記每個動詞的發音才行。雖然相關動詞不少，但若能將以下「和語動詞」記熟，新日檢N2考試等於成功了一半。所以，請好好加油吧！

（一）Ⅰ類動詞 （五段動詞）	1.「〜う」　　5.「〜ぶ」 2.「〜く」　　6.「〜む」 3.「〜す」　　7.「〜る」 4.「〜つ」	
（二）Ⅱ類動詞 （一段動詞）	1.「〜iる」	
	2.「〜eる」	2.1「〜える」 2.2「〜ける」 2.3「〜せる」 2.4「〜てる」 2.5「〜ねる」 2.6「〜べる」 2.7「〜める」 2.8「〜れる」

（本書動詞整理方式）

（一）Ｉ類動詞（五段動詞）

1.「～う」 ◎MP3-06

	日文發音	漢字表記	例句
ア行	あう	合う	このニュースは事実と合わない。 這個消息與事實不符。
	あじわう	味わう	戦争の苦しみを味わったことがない。 未曾嘗過戰爭的苦。
	あらう	洗う	シャツを洗う。 洗襯衫。
	あらそう	争う	つまらない事で争うな。 不要為了無聊的事爭吵。
	いわう	祝う	成功を祝って乾杯する。 慶祝成功乾杯。
	うしなう	失う	火事で家を失った。 因火災而失去了房子。
	うたがう	疑う	自分の目を疑う。 懷疑自己親眼所見。
	うやまう	敬う	老人を敬う。 尊敬老人。
	うらなう	占う	将来の運勢を占う。 占卜將來的運勢。
	おう	追う	理想を追う。 追求理想。
	おぎなう	補う	長所を取り入れて短所を補う。 截長補短。

カ行	日文發音	漢字表記	例句
	かよう	通う	病院に通う。 定期上醫院。

サ行	日文發音	漢字表記	例句
	さからう	逆らう	この子は親の言いつけに逆らった。 這孩子違背了父母的吩咐。
	したがう	従う	医者の勧告に従って、タバコをやめた。 遵照醫生的勸告，戒了菸。
	すう	吸う	スープを吸う。 喝湯。
	すくう	救う	溺れている子供を救った。 救了溺水的小孩。

タ行	日文發音	漢字表記	例句
	たたかう	戦う	祖国のために戦った。 為祖國而戰。
	ちがう	違う	人によって違う。 因人而異。

ナ行	日文發音	漢字表記	例句
	ねがう	願う	心から成功を願う。 由衷希望成功。

37

	日文發音	漢字表記	例句
ハ行	はらう	払う	ここの勘定(かんじょう)は私(わたし)が払(はら)う。 這裡的帳我來付。
	ひろう	拾う	海岸(かいがん)で貝殻(かいがら)を拾(ひろ)う。 在海岸撿貝殼。

	日文發音	漢字表記	例句
マ行	まよう	迷う	どちらにしようかと迷(まよ)っている。 猶豫著要哪一個。

	日文發音	漢字表記	例句
ヤ行	やとう	雇う	販売員(はんばいいん)を雇(やと)う。 僱用銷售員。

	日文發音	漢字表記	例句
ワ行	わらう	笑う	腹(はら)を抱(かか)えて笑(わら)う。 捧腹大笑。

2. 「〜く」 ◎MP3-07

	日文發音	漢字表記	例句
ア行	いだく	抱く	理想を抱いて大学に入る。 抱持理想進入大學。
	うく	浮く	水に油が浮いている。 油浮在水上。
	おく	置く	写真を机に置く。 把照片放桌上。
	およぐ	泳ぐ	鯉が池で泳いでいる。 鯉魚在池裡游著。

	日文發音	漢字表記	例句
カ行	かたむく	傾く	船が２０度に傾く。 船身傾斜二十度。
	かわく	乾く	洗濯物が乾いた。 洗的衣物乾了。
	きく	利く	ブレーキが利かないと危険だ。 煞車不靈的話很危險。

	日文發音	漢字表記	例句
サ行	さく	咲く	桜の花がきれいに咲いている。 櫻花漂亮地開著。
	さわぐ	騒ぐ	運動場で子供たちが騒いでいる。 孩子們在操場上玩鬧著。
	そそぐ	注ぐ	子供に愛情を注ぐ。 把愛傾注於孩子。

	日文發音	漢字表記	例句
夕行	つく	突く	手を突いて身を起こす。 用手撐著起身。
	つぐ	注ぐ	お茶を注ぐ。 倒茶。
	つづく	続く	会議は深夜まで続いた。 會議持續到了深夜。
	とく	溶く	小麦粉を水で溶く。 用水調麵粉。
	とく	解く	荷物を解いて中身を出す。 解開行李拿出東西。

	日文發音	漢字表記	例句
ナ行	なく	泣く	声を出して泣く。 出聲哭泣。
	なく	鳴く	小鳥が鳴く。 小鳥叫。
	ぬく	抜く	歯を抜く。 拔牙。

	日文發音	漢字表記	例句
ハ行	はく	掃く	部屋を掃いてきれいにする。 把房間打掃乾淨。
	はたらく	働く	生きるために働く。 為生存而工作。

ハ行	はぶく	省く	手間を省く。 省略麻煩的事。
	ひく	引く	カーテンを引いて日をよける。 拉上窗簾遮日。
	ふく	吹く	風がひどく吹いている。 風強勁地吹著。
	ふせぐ	防ぐ	敵の攻撃を防ぐ。 防禦敵人的攻擊。

	日文發音	漢字表記	例句
マ行	まく	巻く	傷口に包帯を巻く。 把繃帶纏在傷口上。
	まねく	招く	誕生日に友人を招く。 生日時邀請朋友來。
	みがく	磨く	歯を磨く。 刷牙。
	むく	向く	恥ずかしくて下を向いた。 害羞地低下頭。

	日文發音	漢字表記	例句
ヤ行	やく	焼く	魚を焼く。 烤魚。

	日文發音	漢字表記	例句
ワ行	わく	沸く	湯が沸いた。 開水滾了。

3.「～す」 ◎MP3-08

	日文發音	漢字表記	例句
ア行	あらわす	表す	心_{こころ}から感謝_{かんしゃ}の意_いを表_{あらわ}す。 由衷表示謝意。
	あらわす	現す	効果_{こうか}を現_{あらわ}した。 出現了效果。
	うつす	移す	家_{いえ}を移_{うつ}す。 搬家。
	おす	押す	車_{くるま}を押_おす。 推車。

	日文發音	漢字表記	例句
カ行	くらす	暮らす	父_{ちち}は田舎_{いなか}で暮_くらしている。 父親在鄉下生活。
	けす	消す	水_{みず}をかけて火_ひを消_けす。 灑水滅火。
	こす	越す	国境_{こっきょう}を越_こす。 越過國境。
	こす	超す	気温_{きおん}が３０度_{さんじゅうど}を超_こす。 氣溫超過三十度。
	ころす	殺す	首_{くび}を絞_しめて殺_{ころ}す。 勒死。
	こわす	壊す	古_{ふる}い家_{いえ}を壊_{こわ}して建_たて直_{なお}した。 拆掉舊房子重建了。

	日文發音	漢字表記	例句
サ行	さがす	探す	どんなに<u>さがして</u>も見<ruby>見<rt>み</rt></ruby>つからない。 怎麼找都找不到。
	さがす	捜す	
	さす	刺す	<ruby>蚊<rt>か</rt></ruby>に<u><ruby>刺<rt>さ</rt></ruby>された</u>。 被蚊子叮了。
	さす	指す	<ruby>地図<rt>ちず</rt></ruby>を<u><ruby>指<rt>さ</rt></ruby>し</u>ながら<ruby>説明<rt>せつめい</rt></ruby>する。 邊指著地圖邊說明。
	さす	差す	<ruby>傘<rt>かさ</rt></ruby>を<u><ruby>差<rt>さ</rt></ruby>す</u>。 撐傘。
	しめす	示す	<ruby>時計<rt>とけい</rt></ruby>の<ruby>針<rt>はり</rt></ruby>が１<ruby>時<rt>いちじ</rt></ruby>を<u><ruby>示<rt>しめ</rt></ruby>している</u>。 時鐘指針顯示著一點。

	日文發音	漢字表記	例句
タ行	たおす	倒す	<ruby>花瓶<rt>かびん</rt></ruby>を<u><ruby>倒<rt>たお</rt></ruby>して</u><ruby>割<rt>わ</rt></ruby>ってしまった。 弄倒花瓶摔破了。
	たがやす	耕す	<ruby>畑<rt>はたけ</rt></ruby>を<u><ruby>耕<rt>たがや</rt></ruby>す</u>。 耕田。
	ためす	試す	<ruby>試験<rt>しけん</rt></ruby>をして<ruby>実力<rt>じつりょく</rt></ruby>を<u><ruby>試<rt>ため</rt></ruby>す</u>。 考試測試實力。
	ちらかす	散らかす	<ruby>紙<rt>かみ</rt></ruby>くずを<u><ruby>散<rt>ち</rt></ruby>らかす</u>。 亂丟紙屑。
	てらす	照らす	<ruby>月<rt>つき</rt></ruby>が<ruby>夜道<rt>よみち</rt></ruby>を<u><ruby>照<rt>て</rt></ruby>らす</u>。 月光照亮夜路。

	日文發音	漢字表記	例句
ナ行	なおす	治す	病気を治す。 治病。
	なおす	直す	生徒の作文を直す。 改學生的作文。
	ながす	流す	悔しい涙を流す。 流下懊悔的眼淚。
	ならす	鳴らす	鐘を鳴らす。 敲鐘。
	のこす	残す	机の上にメモを残す。 把留言留在桌上。
	のばす	伸ばす	彼女は髪を長くのばしている。 她把頭髮留長。
		延ばす	

	日文發音	漢字表記	例句
ハ行	はずす	外す	上着のボタンを外す。 解開外衣的扣子。
	はなす	放す	縄を解いて犬を放す。 鬆開繩子放狗。
	はなす	離す	ハンドルから手を離す。 手離開方向盤。
	ひやす	冷やす	ビールを冷蔵庫に入れて冷やす。 把啤酒放到冰箱冰。
	ふやす	増やす	椅子の数を増やす。 增加椅子的數量。

ハ行	ほす	干す	洗濯物を干す。 晾衣服。

マ行	日文發音	漢字表記	例句
	ます	増す	人口が増す。 人口增加。
	まわす	回す	ハンドルを左に回す。 把方向盤轉向左邊。
	むす	蒸す	饅頭を蒸す。 蒸包子。
	もうす	申す	私は山田と申します。 我叫山田。
	もどす	戻す	本を棚に戻す。 把書放回架上。

ヤ行	日文發音	漢字表記	例句
	ゆるす	許す	父は私が留学することを許した。 父親答應我留學了。
	よごす	汚す	本を汚さないでください。 請不要把書弄髒。

ワ行	日文發音	漢字表記	例句
	わたす	渡す	船で人を渡す。 用船讓人過河。

4.「～つ」 ◎MP3-09

ア行	日文發音	漢字表記	例句
	うつ	打つ	タイプを<ruby>打<rt>う</rt></ruby>つ。 打字。

カ行	日文發音	漢字表記	例句
	かつ	勝つ	<ruby>相手<rt>あいて</rt></ruby>に<ruby>勝<rt>か</rt></ruby>つ。 贏對方。

サ行	日文發音	漢字表記	例句
	そだつ	育つ	<ruby>赤<rt>あか</rt></ruby>ちゃんが<ruby>育<rt>そだ</rt></ruby>った。 嬰兒長大了。

5.「～ぶ」 ◎MP3-10

ア行	日文發音	漢字表記	例句
	あそぶ	遊ぶ	トランプをして<ruby>遊<rt>あそ</rt></ruby>ぶ。 玩撲克牌。
	うかぶ	浮かぶ	<ruby>雲<rt>くも</rt></ruby>が<ruby>空<rt>そら</rt></ruby>に<ruby>浮<rt>う</rt></ruby>かぶ。 雲在空中飄。
	えらぶ	選ぶ	よい<ruby>品<rt>しな</rt></ruby>を<ruby>選<rt>えら</rt></ruby>ぶ。 選擇好東西。

カ行	日文發音	漢字表記	例句
	ころぶ	転ぶ	<ruby>足<rt>あし</rt></ruby>を<ruby>滑<rt>すべ</rt></ruby>らせて<ruby>転<rt>ころ</rt></ruby>ぶ。 滑了一跤跌倒。

サ行	日文發音	漢字表記	例句
	さけぶ	叫ぶ	<ruby>大<rt>おお</rt></ruby><ruby>声<rt>ごえ</rt></ruby>で<ruby>叫<rt>さけ</rt></ruby>ぶ。 大叫。

夕行	日文發音	漢字表記	例句
	とぶ	飛ぶ	<ruby>鳥<rt>とり</rt></ruby>が<ruby>空<rt>そら</rt></ruby>を<ruby>飛<rt>と</rt></ruby>ぶ。 鳥在空中飛。

ナ行	日文發音	漢字表記	例句
	ならぶ	並ぶ	<ruby>3<rt>さんにん</rt></ruby><ruby>人並<rt>なら</rt></ruby>んで<ruby>歩<rt>ある</rt></ruby>く。 三人並肩走。

マ行	日文發音	漢字表記	例句
	まなぶ	学ぶ	<ruby>外国<rt>がいこく</rt></ruby>のよいところを<ruby>学<rt>まな</rt></ruby>ぶ。 學習外國的長處。
	むすぶ	結ぶ	<ruby>靴<rt>くつ</rt></ruby>の<ruby>紐<rt>ひも</rt></ruby>を<ruby>結<rt>むす</rt></ruby>ぶ。 綁鞋帶。

ヤ行	日文發音	漢字表記	例句
	よぶ	呼ぶ	タクシーを<ruby>呼<rt>よ</rt></ruby>ぶ。 叫計程車。
	よろこぶ	喜ぶ	<ruby>母<rt>はは</rt></ruby>は<ruby>私<rt>わたし</rt></ruby>の<ruby>顔<rt>かお</rt></ruby>を<ruby>見<rt>み</rt></ruby>て<ruby>大変喜<rt>たいへんよろこ</rt></ruby>んだ。 母親看到我的臉，非常開心。

6.「～む」 MP3-11

	日文發音	漢字表記	例句
ア行	あむ	編む	セーターを<ruby>編<rt>あ</rt></ruby>む。 織毛衣。
	いたむ	痛む	<ruby>傷<rt>きず</rt></ruby>が<ruby>痛<rt>いた</rt></ruby>む。 傷口痛。
	おがむ	拝む	<ruby>手<rt>て</rt></ruby>を<ruby>合<rt>あ</rt></ruby>わせて<ruby>仏様<rt>ほとけさま</rt></ruby>を<ruby>拝<rt>おが</rt></ruby>む。 雙手合十拜佛。

	日文發音	漢字表記	例句
カ行	かこむ	囲む	<ruby>正<rt>ただ</rt></ruby>しい<ruby>答<rt>こた</rt></ruby>えを〇で<ruby>囲<rt>かこ</rt></ruby>む。 把正確答案用〇圈起來。
	かなしむ	悲しむ	<ruby>先生<rt>せんせい</rt></ruby>の<ruby>死<rt>し</rt></ruby>を<ruby>悲<rt>かな</rt></ruby>しむ。 難過老師的死。
	きざむ	刻む	<ruby>玉葱<rt>たまねぎ</rt></ruby>を<ruby>細<rt>こま</rt></ruby>かく<ruby>刻<rt>きざ</rt></ruby>む。 把洋蔥剁碎。
	くむ	組む	<ruby>足<rt>あし</rt></ruby>を<ruby>組<rt>く</rt></ruby>んで<ruby>座<rt>すわ</rt></ruby>る。 盤腿而坐。
	このむ	好む	<ruby>子供<rt>こども</rt></ruby>は<ruby>甘<rt>あま</rt></ruby>いものを<ruby>好<rt>この</rt></ruby>む。 小孩喜歡甜的東西。
	こむ	込む	<ruby>電車<rt>でんしゃ</rt></ruby>はとても<ruby>込<rt>こ</rt></ruby>んでいる。 電車非常擁擠。

	日文發音	漢字表記	例句
サ行	しずむ	沈む	太陽が沈む。 太陽西沉。
	すすむ	進む	研究が進まない。 研究沒有進展。
	すむ	済む	やっと試験が済んだ。 考試終於結束了。

	日文發音	漢字表記	例句
夕行	たのむ	頼む	子供に用事を頼む。 拜託小孩做事。
	つつむ	包む	傷口を包む。 包紮傷口。
	つむ	積む	車に荷物を積む。 把行李堆車上。

	日文發音	漢字表記	例句
ナ行	なやむ	悩む	人間関係で悩む。 煩惱人際關係。
	にくむ	憎む	不正を憎む。 痛恨違法行為。
	ぬすむ	盗む	金庫から現金を盗む。 從保險箱偷走現金。
	のぞむ	望む	進学を望む。 希望升學。

	日文發音	漢字表記	例句
八行	はさむ	挟む	箸でおかずを<ruby>挟<rt>はさ</rt></ruby>む。 用筷子夾菜。
	ふくむ	含む	レモンにはビタミン<ruby>C<rt>シー</rt></ruby>が<ruby>多<rt>おお</rt></ruby>く<ruby>含<rt>ふく</rt></ruby>まれている。 檸檬裡含有很多維他命C。

	日文發音	漢字表記	例句
ヤ行	やむ	止む	<ruby>風<rt>かぜ</rt></ruby>が<ruby>止<rt>や</rt></ruby>んだ。 風停了。

7. 「～る」 ◎MP3-12

	日文發音	漢字表記	例句
ア行	あたる	当たる	<ruby>石<rt>いし</rt></ruby>が<ruby>頭<rt>あたま</rt></ruby>に<ruby>当<rt>あ</rt></ruby>たる。 石頭打中頭。
	いのる	祈る	ご<ruby>健康<rt>けんこう</rt></ruby>を<ruby>祈<rt>いの</rt></ruby>ります。 祝你健康。
	うけたまわる	承る	ご<ruby>注文<rt>ちゅうもん</rt></ruby>を<ruby>承<rt>うけたまわ</rt></ruby>ります。 接受您的訂單。
	うつる	移る	<ruby>家<rt>いえ</rt></ruby>が<ruby>郊外<rt>こうがい</rt></ruby>に<ruby>移<rt>うつ</rt></ruby>った。 房子搬到郊外。
	おくる	贈る	<ruby>卒業祝<rt>そつぎょういわ</rt></ruby>いを<ruby>贈<rt>おく</rt></ruby>る。 送畢業賀禮。
	おこる	怒る	<ruby>真<rt>ま</rt></ruby>っ<ruby>赤<rt>か</rt></ruby>になって<ruby>怒<rt>おこ</rt></ruby>る。 氣得臉紅脖子粗。

	おそわる	教わる	<ruby>先生<rt>せんせい</rt></ruby>に<ruby>日本語<rt>にほんご</rt></ruby>を<ruby>教<rt>おそ</rt></ruby>わる。 跟老師學日文。
ア行	おどる	踊る	バレエを<ruby>踊<rt>おど</rt></ruby>る。 跳芭蕾。
	おる	折る	<ruby>千羽鶴<rt>せんばづる</rt></ruby>を<ruby>折<rt>お</rt></ruby>る。 摺千隻紙鶴。

	日文發音	漢字表記	例句
カ行	かざる	飾る	リボンで<ruby>髪<rt>かみ</rt></ruby>を<ruby>飾<rt>かざ</rt></ruby>る。 用緞帶裝飾頭髮。
	かたる	語る	<ruby>事情<rt>じじょう</rt></ruby>を<ruby>語<rt>かた</rt></ruby>る。 說明情況。
	くもる	曇る	<ruby>午後<rt>ごご</rt></ruby>から<ruby>曇<rt>くも</rt></ruby>ってきた。 從下午開始轉陰。
	くわわる	加わる	スピードが<ruby>加<rt>くわ</rt></ruby>わる。 速度增加。
	こおる	凍る	<ruby>池<rt>いけ</rt></ruby>の<ruby>水<rt>みず</rt></ruby>が<ruby>凍<rt>こお</rt></ruby>った。 池水結冰。
	こまる	困る	<ruby>人手<rt>ひとで</rt></ruby>が<ruby>足<rt>た</rt></ruby>りなくて<ruby>困<rt>こま</rt></ruby>っている。 人手不足，很困擾。

	日文發音	漢字表記	例句
サ行	さぐる	探る	暗い廊下を探りながら歩く。 在陰暗的走廊摸索著前進。
	さわる	触る	手で触ってみる。 用手摸摸看。
	さる	去る	職場を去る。 離職。
	しめる	湿る	タバコが湿った。 香菸受潮。
	すわる	座る	お座りください。 請坐。

	日文發音	漢字表記	例句
タ行	たすかる	助かる	命が助かった。 性命獲救。
	たよる	頼る	地図に頼って山に登る。 靠地圖爬山。
	ちる	散る	花が散る。 花謝。
	つかまる	捕まる	警察に捕まった。 被警察捉了。
	つくる	造る	米から酒を造る。 從米釀成酒。
	つもる	積もる	雪が50センチ積もった。 雪積了五十公分。

夕行	てる	照る	太陽が照っている。 太陽照射著。
	とまる	泊まる	ホテルに泊まる。 住飯店。
	とる	取る	あの新聞を取ってください。 請拿一下那份報紙。
	とる	撮る	写真を撮る。 拍照。

	日文發音	漢字表記	例句
ナ行	なおる	直る	時計が直った。 時鐘修好了。
	なおる	治る	風邪が治った。 感冒好了。
	なくなる	亡くなる	社長が亡くなった。 社長過世了。
	なる	鳴る	授業のベルが鳴った。 上課鐘響了。
	ぬる	塗る	パンにバターを塗る。 把奶油塗在麵包上。
	のこる	残る	顔に傷跡が残っている。 臉上留著疤痕。
	のぞむ	望む	展望台から富士山を望む。 從眺望台眺望富士山。

	のぼる	上る	<ruby>頭<rt>あたま</rt></ruby>に<ruby>血<rt>ち</rt></ruby>が<u><ruby>上<rt>のぼ</rt></ruby></u>る。 腦充血。
ナ行	のぼる	昇る	<ruby>東<rt>ひがし</rt></ruby>の<ruby>空<rt>そら</rt></ruby>に<ruby>朝日<rt>あさひ</rt></ruby>が<u><ruby>昇<rt>のぼ</rt></ruby></u>る。 朝陽在東邊的天空升起。
	のぼる	登る	<ruby>山<rt>やま</rt></ruby>に<u><ruby>登<rt>のぼ</rt></ruby></u>る。 登山。
	のる	乗る	<ruby>飛行機<rt>ひこうき</rt></ruby>に<u><ruby>乗<rt>の</rt></ruby></u>る。 搭飛機。

	日文發音	漢字表記	例句
ハ行	はかる	計る	<ruby>時間<rt>じかん</rt></ruby>を<u><ruby>計<rt>はか</rt></ruby></u>る。 計時。
	はかる	測る	<ruby>角度<rt>かくど</rt></ruby>を<u><ruby>測<rt>はか</rt></ruby></u>る。 測量角度。
	ひかる	光る	<ruby>夜空<rt>よぞら</rt></ruby>に<ruby>星<rt>ほし</rt></ruby>が<u><ruby>光<rt>ひか</rt></ruby></u>っている。 星星在夜空中發亮。
	ふる	降る	<ruby>雨<rt>あめ</rt></ruby>が<u><ruby>降<rt>ふ</rt></ruby></u>る。 下雨。
	へる	減る	<ruby>体重<rt>たいじゅう</rt></ruby>が5キロ<u><ruby>減<rt>へ</rt></ruby></u>った。 體重減少了五公斤。
	ほる	掘る	<ruby>井戸<rt>いど</rt></ruby>を<u><ruby>掘<rt>ほ</rt></ruby></u>る。 挖井。

	日文發音	漢字表記	例句
マ行	まいる	参る	明日(あした)お宅(たく)に参(まい)ります。 明天到府上拜訪。
	まがる	曲がる	右(みぎ)に曲(ま)がる。 右轉。
	まつる	祭る	祖先(そせん)の霊(れい)を祭(まつ)る。 祭拜祖靈。
	まもる	守る	法律(ほうりつ)を守(まも)る。 遵守法律。
	まわる	回る	地球(ちきゅう)が太陽(たいよう)の周(まわ)りを回(まわ)っている。 地球繞著太陽周圍轉動。
	みのる	実る	柿(かき)が実(みの)る。 柿子結果。
	もどる	戻る	自分(じぶん)の席(せき)に戻(もど)る。 回自己的位子。

	日文發音	漢字表記	例句
ヤ行	やぶる	破る	手紙(てがみ)を破(やぶ)る。 撕毀信件。
	よる	寄る	少(すこ)し左(ひだり)に寄(よ)る。 稍微往左靠。

	日文發音	漢字表記	例句
ワ行	わる	割る	ガラスを割(わ)る。 打破玻璃。
	わたる	渡る	橋(はし)を渡(わた)る。 過橋。

（二）Ⅱ類動詞（一段動詞）

1.「～iる」 ◎MP3-13

日文發音	漢字表記	例句
あびる	浴びる	シャワーを浴(あ)びる。 淋浴。
こころみる	試みる	新(あたら)しい方法(ほうほう)を試(こころ)みる。 嘗試新方法。
とじる	閉じる	本(ほん)を閉(と)じなさい。 把書闔上。
にる	似る	子(こ)は親(おや)に似(に)ている。 小孩很像父母。
みる	診る	医者(いしゃ)に病気(びょうき)を診(み)てもらう。 請醫生看病。
もちいる	用いる	アルコールは消毒(しょうどく)に用(もち)いられる。 酒精被用於消毒。

2.「〜eる」

2.1「〜える」 ◎MP3-14

	日文發音	漢字表記	例句
ア行	あたえる	与える	子供<ruby>こども</ruby>に愛情<ruby>あいじょう</ruby>を与<ruby>あた</ruby>える。 給小孩愛。
	あまえる	甘える	子供<ruby>こども</ruby>が母親<ruby>ははおや</ruby>に甘<ruby>あま</ruby>える。 小孩跟母親撒嬌。
	うえる	植える	木<ruby>き</ruby>を植<ruby>う</ruby>える。 種樹。
	える	得る	情報<ruby>じょうほう</ruby>を得<ruby>え</ruby>る。 獲得資訊。
	おえる	終える	仕事<ruby>しごと</ruby>を終<ruby>お</ruby>えてから休憩<ruby>きゅうけい</ruby>しよう。 工作結束後，休息一下吧！
	おぼえる	覚える	寒<ruby>さむ</ruby>さを覚<ruby>おぼ</ruby>える。 覺得冷。

	日文發音	漢字表記	例句
カ行	かえる	変える	家具<ruby>かぐ</ruby>の位置<ruby>いち</ruby>を変<ruby>か</ruby>える。 改變家具的位置。
	かえる	替える	タイヤを替<ruby>か</ruby>える。 換輪胎。
	かぞえる	数える	お金<ruby>かね</ruby>を数<ruby>かぞ</ruby>える。 數錢。
	きえる	消える	顔<ruby>かお</ruby>から笑顔<ruby>えがお</ruby>が消<ruby>き</ruby>えた。 笑容從臉上消失。

カ行	くわえる	加える	水<ruby>みず<rt></rt></ruby>を加<ruby>くわ<rt></rt></ruby>える。 加水。
	こえる	超える	気温<ruby>きおん<rt></rt></ruby>が３５度<ruby>さんじゅうごど<rt></rt></ruby>を超<ruby>こ<rt></rt></ruby>えた。 氣溫超過三十五度。
	こごえる	凍える	手足<ruby>てあし<rt></rt></ruby>が凍<ruby>こご<rt></rt></ruby>える。 手腳凍僵。

	日文發音	漢字表記	例句
サ行	ささえる	支える	病人<ruby>びょうにん<rt></rt></ruby>を支<ruby>ささ<rt></rt></ruby>える。 攙扶病人。
	そなえる	備える	消火器<ruby>しょうかき<rt></rt></ruby>を備<ruby>そな<rt></rt></ruby>える。 備有滅火器。

| | 日文發音 | 漢字表記 | 例句 |
| タ行 | つたえる | 伝える | 空気<ruby>くうき<rt></rt></ruby>が音<ruby>おと<rt></rt></ruby>を伝<ruby>つた<rt></rt></ruby>える。
空氣傳導聲音。 |

	日文發音	漢字表記	例句
ハ行	はえる	生える	歯<ruby>は<rt></rt></ruby>が生<ruby>は<rt></rt></ruby>える。 長牙。
	ひえる	冷える	ビールがよく冷<ruby>ひ<rt></rt></ruby>えた。 啤酒很冰。
	ふえる	増える	体重<ruby>たいじゅう<rt></rt></ruby>が増<ruby>ふ<rt></rt></ruby>えた。 體重增加了。
	ふるえる	震える	声<ruby>こえ<rt></rt></ruby>が震<ruby>ふる<rt></rt></ruby>えている。 聲音顫抖著。

2.2「～ける」 ◎MP3-15

	日文發音	漢字表記	例句
ア行	あずける	預ける	保育園に子供を預ける。 將小孩寄放在托兒所。
	うける	受ける	手術を受ける。 接受手術。

	日文發音	漢字表記	例句
カ行	かける	欠ける	月が欠ける。 月缺。

	日文發音	漢字表記	例句
タ行	たすける	助ける	貧しい人を助ける。 幫助貧窮的人。
	つづける	続ける	話を続けてください。 請繼續說話。
	とける	溶ける	雪が溶けた。 雪溶化了。
	とける	解ける	靴の紐が解けた。 鞋帶鬆了。
	とどける	届ける	田中さんにこれを届けてください。 請把這個交給田中先生。

第二單元 言語知識（文法）

文法分析｜實力測驗｜解答解析

第三單元 讀解

閱讀解析｜實力測驗｜解答解析

第四單元 聽解

題型整理｜實力測驗｜解答解析

	日文發音	漢字表記	例句
ナ行	なげる	投げる	石_{いし}を投_なげる。 丟石頭。
	にげる	逃げる	国外_{こくがい}に逃_にげる。 逃到國外。
	ぬける	抜ける	タイヤの空気_{くうき}が抜_ぬける。 輪胎洩氣。

	日文發音	漢字表記	例句
マ行	まける	負ける	相手_{あいて}に負_まける。 輸給對方。
	まげる	曲げる	膝_{ひざ}を曲_まげる。 屈膝。
	むける	向ける	顔_{かお}を前_{まえ}に向_むけなさい。 臉朝正面。

2.3「〜せる」 ◉MP3-16

日文發音	漢字表記	例句
まぜる	交ぜる	白_{しろ}と黒_{くろ}を交_まぜて灰色_{はいいろ}にする。 把白色和黑色混在一起做成灰色。
まぜる	混ぜる	酒_{さけ}に水_{みず}を混_まぜる。 在酒裡摻水。
まかせる	任せる	そのことは私_{わたし}に任_{まか}せてください。 那件事請交給我。

2.4 「～てる」 ◎MP3-17

日文發音	漢字表記	例句
すてる	捨てる	ごみを<ruby>捨<rt>す</rt></ruby>てる。 扔掉垃圾。
そだてる	育てる	<ruby>子供<rt>こども</rt></ruby>を<ruby>育<rt>そだ</rt></ruby>てる。 養育小孩。

2.5 「～ねる」 ◎MP3-18

日文發音	漢字表記	例句
ねる	寝る	ぐっすり<ruby>寝<rt>ね</rt></ruby>ていた。 熟睡。
たずねる	尋ねる	<ruby>交番<rt>こうばん</rt></ruby>で<ruby>道<rt>みち</rt></ruby>を<ruby>尋<rt>たず</rt></ruby>ねる。 在派出所問路。
たずねる	訪ねる	<ruby>友達<rt>ともだち</rt></ruby>が<ruby>訪<rt>たず</rt></ruby>ねてきた。 朋友來找我。

2.6 「～べる」 ◎MP3-19

日文發音	漢字表記	例句
くらべる	比べる	<ruby>今年<rt>ことし</rt></ruby>は<ruby>例年<rt>れいねん</rt></ruby>に<ruby>比<rt>くら</rt></ruby>べて<ruby>暑<rt>あつ</rt></ruby>い。 今年比往年熱。
しらべる	調べる	<ruby>言葉<rt>ことば</rt></ruby>の<ruby>意味<rt>いみ</rt></ruby>を<ruby>調<rt>しら</rt></ruby>べる。 查詞意。

2.7 「～める」 ◎MP3-20

<table>
<tr><th></th><th>日文發音</th><th>漢字表記</th><th>例句</th></tr>
<tr><td rowspan="4">ア行</td><td>うめる</td><td>埋める</td><td>生<ruby>ごみ<rt></rt></ruby>を<ruby>庭<rt>にわ</rt></ruby>に<ruby>埋<rt>う</rt></ruby>める。
把廚餘埋在院子裡。</td></tr>
<tr><td>おさめる</td><td>収める</td><td><ruby>利益<rt>りえき</rt></ruby>を<ruby>収<rt>おさ</rt></ruby>める。
獲得利益。</td></tr>
<tr><td>おさめる</td><td>治める</td><td><ruby>暴動<rt>ぼうどう</rt></ruby>を<ruby>治<rt>おさ</rt></ruby>める。
鎮壓暴亂。</td></tr>
<tr><td>おさめる</td><td>納める</td><td><ruby>税金<rt>ぜいきん</rt></ruby>を<ruby>納<rt>おさ</rt></ruby>める。
納稅。</td></tr>
</table>

<table>
<tr><th></th><th>日文發音</th><th>漢字表記</th><th>例句</th></tr>
<tr><td rowspan="6">サ行</td><td>さめる</td><td>冷める</td><td><ruby>料理<rt>りょうり</rt></ruby>が<ruby>冷<rt>さ</rt></ruby>めた。
菜涼了。</td></tr>
<tr><td>さめる</td><td>覚める</td><td><ruby>6時<rt>ろくじ</rt></ruby>に<ruby>目<rt>め</rt></ruby>が<ruby>覚<rt>さ</rt></ruby>めた。
六點的時候醒了。</td></tr>
<tr><td>しめる</td><td>占める</td><td>ベッドが<ruby>部屋<rt>へや</rt></ruby>の<ruby>大部分<rt>だいぶぶん</rt></ruby>を<ruby>占<rt>し</rt></ruby>める。
床鋪佔了大半個房間。</td></tr>
<tr><td>しめる</td><td>閉める</td><td><ruby>蛇口<rt>じゃぐち</rt></ruby>を<ruby>閉<rt>し</rt></ruby>める。
關水龍頭。</td></tr>
<tr><td>すすめる</td><td>進める</td><td><ruby>話<rt>はなし</rt></ruby>を<ruby>進<rt>すす</rt></ruby>めましょう。
繼續談下去吧！</td></tr>
<tr><td>せめる</td><td>責める</td><td><ruby>自分<rt>じぶん</rt></ruby>を<ruby>責<rt>せ</rt></ruby>める。
自責。</td></tr>
</table>

	日文發音	漢字表記	例句
タ行	つとめる	努める	問題の解決に努める。 努力解決問題。
	つとめる	務める	受付を務める。 擔任櫃台。
	つとめる	勤める	銀行に勤めている。 任職於銀行。
	つめる	詰める	バッグに荷物を詰める。 把東西塞滿包包。
	とめる	止める	車を止める。 停車。

	日文發音	漢字表記	例句
ハ行	ふくめる	含める	皮肉の意を含める。 含有諷刺之意。

	日文發音	漢字表記	例句
マ行	みとめる	認める	入学を認める。 同意入學。
	もとめる	求める	職を求める。 找工作。

	日文發音	漢字表記	例句
ヤ行	やめる	辞める	会社を辞める。 辭職。

2.8「～れる」 ◎MP3-21

	日文發音	漢字表記	例句
ア行	あばれる	暴れる	子供が暴れる。 小孩大鬧。
	あらわれる	現れる	効果が現れる。 效果顯現。
	あれる	荒れる	天気が荒れる。 天氣變壞。
	おそれる	恐れる	何も恐れない。 什麼都不怕。
	おれる	折れる	枝が折れた。 樹枝斷了。

	日文發音	漢字表記	例句
カ行	かれる	枯れる	花が枯れた。 花枯萎了。
	くれる	暮れる	日が暮れる。 天黑。
	こわれる	壊れる	椅子が壊れた。 椅子壞了。

	日文發音	漢字表記	例句
サ行	すぐれる	優れる	彼は私より優れている。 他比我優秀。

	日文發音	漢字表記	例句
夕行	たおれる	倒れる	地震(じしん)で建物(たてもの)が倒(たお)れた。 因為地震，建築物倒了。
	つかれる	疲れる	働(はたら)き過(す)ぎで疲(つか)れた。 工作過度，很疲憊。
	つれる	連れる	犬(いぬ)を連(つ)れて散歩(さんぽ)する。 帶狗散步。

	日文發音	漢字表記	例句
ナ行	ながれる	流れる	汗(あせ)が滝(たき)のように流(なが)れる。 汗像瀑布般地流。
	なれる	慣れる	早起(はやお)きに慣(な)れる。 習慣早起。

	日文發音	漢字表記	例句
八行	はずれる	外れる	天気予報(てんきよほう)が外(はず)れる。 氣象報告不準。
	はなれる	放れる	犬(いぬ)が鎖(くさり)から放(はな)れた。 狗從鎖鏈逃跑了。
	はなれる	離れる	子供(こども)が親(おや)から離(はな)れて生活(せいかつ)する。 小孩子離開父母生活。
	はれる	晴れる	空(そら)が晴(は)れる。 天空晴朗。
	ふれる	触れる	前髪(まえがみ)が額(ひたい)に触(ふ)れる。 瀏海碰到額頭。

	日文發音	漢字表記	例句
ヤ行	やぶれる	破れる	靴下が破れた。 襪子破了。
	ゆれる	揺れる	家が揺れるのを感じた。 感到房子晃動。
	よごれる	汚れる	手が汚れた。 手髒了。

	日文發音	漢字表記	例句
ワ行	わすれる	忘れる	昔のことはもう忘れた。 過去的事已經忘了。
	われる	割れる	ガラスが割れた。 玻璃破了。

三　イ形容詞 ⊙MP3-22

　　「イ形容詞」與「訓讀名詞」、「和語動詞」一樣，發音和漢字的字音無關，所以對華人地區的考生來說，是相當頭疼的部分。本單元同樣以音節數、五十音順序，整理了新日檢N2範圍內的「イ形容詞」。只要瞭解字義並跟著MP3複誦，一定可以在極短的時間內全部記住。

（一）雙音節イ形容詞

日文發音	漢字表記	中文翻譯
こい	濃い	濃郁的

（二）三音節イ形容詞

日文發音	漢字表記	中文翻譯	日文發音	漢字表記	中文翻譯
あさい	浅い	淺的	あらい	荒い	劇烈的
うまい	旨い	好吃的、高明的	えらい	偉い	偉大的
おしい	惜しい	可惜的	かたい	硬い	堅硬的
かゆい	痒い	癢的	きつい	－	嚴苛的
きよい	清い	清澈的	くさい	臭い	臭的
くどい	－	囉唆的	けむい	煙い	嗆人的
ずるい	－	狡猾的	つらい	辛い	難受的
にくい	憎い	可恨的	にぶい	鈍い	鈍的
ぬるい	温い	微溫的	のろい	鈍い	遲緩的
ゆるい	緩い	鬆弛的			

（三）四音節イ形容詞

日文發音	漢字表記	中文翻譯	日文發音	漢字表記	中文翻譯
あやうい	危うい	危險的	あやしい	怪しい	可疑的
いけない	－	不行的	おさない	幼い	幼小的
おもたい	重たい	沈重的	かしこい	賢い	聰明的
くやしい	悔しい	懊悔的	くるしい	苦しい	痛苦的
くわしい	詳しい	詳細的	けわしい	険しい	險峻的
こいしい	恋しい	眷戀的	しかくい	四角い	四方形的
したしい	親しい	親近的	しつこい	－	糾纏不清的
すっぱい	酸っぱい	酸的	するどい	鋭い	尖銳的
はげしい	激しい	激烈的	ひとしい	等しい	相等的
まずしい	貧しい	貧窮的	まぶしい	眩しい	刺眼的
みにくい	醜い	醜陋的	めでたい	－	可賀的

（四）五音節イ形容詞

日文發音	漢字表記	中文翻譯
ありがたい	有難い	難得的、值得感謝的
いさましい	勇ましい	勇敢的
うすぐらい	薄暗い	昏暗的
おそろしい	恐ろしい	可怕的
おとなしい	大人しい	溫順的
おめでたい	－	可賀的
くだらない	－	無聊的
さわがしい	騒がしい	吵鬧的
しおからい	塩辛い	鹹的
すばらしい	素晴らしい	很棒的
たのもしい	頼もしい	可靠的
たまらない	－	受不了的
だらしない	－	邋遢的、沒出息的
ちがいない	違いない	一定的
なつかしい	懐かしい	懷念的
にくらしい	憎らしい	可恨的
ばからしい	馬鹿らしい	愚蠢的
むしあつい	蒸し暑い	悶熱的
ものすごい	物凄い	驚人的
やかましい	喧しい	喧囂的

（五）六音節イ形容詞

日文發音	漢字表記	中文翻譯
あつかましい	厚かましい	厚臉皮的
あわただしい	慌ただしい	慌張的
うらやましい	羨ましい	羨慕的
かわいらしい	可愛らしい	可愛的
ずうずうしい	－	不要臉的
そうぞうしい	騒々しい	嘈雜的
そそっかしい	－	冒失的
ちからづよい	力強い	有力的
とんでもない	－	意想不到的
はなはだしい	甚だしい	非常的
みっともない	－	不像樣的
やむをえない	止むを得ない	不得已的
わかわかしい	若々しい	有朝氣的

（六）七音節イ形容詞

日文發音	漢字表記	中文翻譯
おもいがけない	思いがけない	意想不到的
めんどうくさい	面倒くさい	麻煩透頂的
もうしわけない	申し訳ない	非常抱歉

四　副詞 ⊙MP3-23

　　N2範圍內的副詞非常多，在有限的時間內，要一個一個全部記起來，幾乎是不可能的。所幸，相較於動詞或形容詞，副詞出題數少，且多有一定的模式。本章根據過去的出題模式，整理了四類常見、且容易混淆的副詞，讓讀者能在最短的時間內，進行最精華的複習。

（一）「～て」型

日　文	中文翻譯	日　文	中文翻譯
改(あらた)めて	重新	かえって	反而
すべて	一切	せめて	起碼
そうして	然後	たいして	沒什麼
初(はじ)めて	第一次	果(は)たして	果然

（二）「～と」型

日　文	中文翻譯	日　文	中文翻譯
うんと	使勁地	きちんと	規規矩矩地、整整齊齊地
さっさと	迅速地	ざっと	粗略地
しんと	靜悄悄	じっと	動也不動地
すっと	飛快地	ずっと	一直
せっせと	拚命地	そっと	悄悄地
ちゃんと	確實地、好好地	どっと	哄堂
やっと	好不容易	わざと	刻意地

71

（三）「AっBり」型

日　文	中文翻譯	日　文	中文翻譯
うっかり	不留神	がっかり	灰心喪氣
ぎっしり	滿滿地	ぐっすり	熟睡貌
こっそり	偷偷地	さっぱり	精光、一點也不
しっかり	牢牢地	すっかり	完全
すっきり	舒暢地	そっくり	一模一樣
たっぷり	足夠地	にっこり	微笑貌
はっきり	明確地	ばったり	突然倒下
ぴったり	準確地	びっくり	驚訝貌
めっきり	顯著地	やっぱり	還是
ゆっくり	慢慢地		

（四）「ABAB」型

日　文	中文翻譯	日　文	中文翻譯
いきいき	栩栩如生	いちいち	一個一個
いよいよ	終於	うろうろ	徘徊
おのおの	各自	くれぐれ	衷心地
しばしば	屢次	しみじみ	深切地
せいぜい	充其量	ぞくぞく	打冷顫
そろそろ	就要	たびたび	再三
ちゃくちゃく	一步步	つぎつぎ	接連不斷
とうとう	到底	ときどき	有時
どきどき	撲通撲通	ところどころ	到處
どんどん	不斷地	なかなか	相當地
にこにこ	笑咪咪	のろのろ	慢吞吞
はきはき	有精神、乾脆	ぴかぴか	亮晶晶
ひろびろ	寬廣地	ぶつぶつ	嘀咕
ふわふわ	輕飄飄、鬆軟	べつべつ	各別
まあまあ	還好	まごまご	磨蹭
ますます	越發	めいめい	各自
もともと	原本	ゆうゆう	從容不迫

五　外來語 ◎MP3-24

　　每一年的「文字‧語彙」考題中，外來語最多出現2～3題。有些讀者也許覺得，既然只有幾題而已，就不認真準備。但是，新日檢N2考試就是在為這一、二分搏鬥，不是嗎？外來語多與常用的英文單字有關，非常好記，只要跟著光碟多朗誦幾次，一定沒問題！而且，讀解測驗單元中，常常會出現外來語的關鍵字，如果該外來語不懂，整篇文章可是會完全看不懂喔！

（一）雙音節外來語

日　文	中文翻譯	日　文	中文翻譯
ガス	瓦斯	デモ	示威
トン	噸	ノー	不
パス	通過	プロ	專業
ベル	鐘	メモ	筆記

（二）三音節外來語

日　文	中文翻譯	日　文	中文翻譯
アウト	出局	イエス	是
ウール	羊毛	オフィス	辦公室
カード	卡片	カーブ	轉彎
カラー	色彩	クラブ	課外活動
グラフ	圖表	ケース	場合、箱
ゲーム	遊戲	コース	課程

コード	電線、密碼	コピー	影印
サイン	簽名、暗號	ショップ	商店
スター	明星	タイヤ	輪胎
ダンス	舞蹈	チーム	團隊
チャンス	機會	テーマ	主題
テンポ	拍子	トップ	頂尖
ドラマ	連續劇	ドレス	禮服
ニュース	新聞	バック	背後、退後
ビデオ	錄影機	プラス	正號、加號
プラン	計畫	フリー	自由、免費
ベンチ	長椅	ホーム	家庭
メニュー	菜單	モデル	模特兒、模型
リズム	節奏	リボン	緞帶
レジャー	休閒	レベル	水準
レンズ	鏡頭	ロビー	大廳

（三）四音節外來語

日　文	中文翻譯	日　文	中文翻譯
アイデア	想法	アンテナ	天線
イコール	等於	イメージ	印象
エンジン	引擎	カロリー	卡路里
キャンパス	校園	グランド	運動場
グループ	團體	コーラス	合唱團
サークル	社團	サービス	服務

日文	中文翻譯	日文	中文翻譯
サイレン	警笛	サンプル	樣本
シーズン	旺季、季節	シャッター	快門
シリーズ	系列	スイッチ	開關
スクール	學校	スタート	開始
ステージ	舞台	ストップ	停止
スピード	速度	スポーツ	體育、運動
スマート	苗條	テキスト	課本
ドライブ	兜風	トンネル	隧道
ナイロン	尼龍	ナンバー	號碼
パーティー	宴會	バランス	平衡
ハンサム	英俊	ハンドル	方向盤
ピストル	手槍	ビタミン	維他命
プリント	印刷品	ブレーキ	煞車
ベテラン	資深人員	ボーナス	獎金
ポスター	海報	マイナス	負數
マンション	公寓大廈	メーター	公尺、測量器
メンバー	成員	モーター	馬達
ユーモア	幽默	リットル	公升
レポート	報告	ロッカー	鎖櫃、置物櫃

（四）五音節外來語

日　文	中文翻譯	日　文	中文翻譯
アクセント	重音	インタビュー	訪問
エチケット	禮節	エネルギー	能源

クラシック	古典樂	コレクション	蒐藏品
コンクール	藝文比賽	コンサート	音樂會
コンセント	插座	スケジュール	行程
スピーカー	喇叭	パーセント	百分比
パイロット	機師	パスポート	護照
ビルディング	大樓	プレゼント	禮物
プログラム	節目、程式	マーケット	市場

（五）六音節外來語

日　文	中文翻譯	日　文	中文翻譯
アクセサリー	飾品	アナウンサー	播報員
オーケストラ	交響樂團	コンピューター	電腦
サラリーマン	上班族	ジャーナリスト	新聞工作者、記者
トレーニング	練習、鍛鍊	プラスチック	塑膠
ラッシュアワー	尖峰時段		

（六）七音節外來語

日　文	中文翻譯
オートメーション	自動化
コミュニケーション	溝通
プラットホーム	月台
レクリエーション	娛樂、消遣

六　音讀漢語

　　音讀的漢語，是華人地區的考生較佔優勢的部分。不過還是要小心分辨清濁音、長短音、促音的有無、長音的有無。此外，某些漢字的發音不只一種，例如「作者」、「作家」、「作業」三個詞中「作」的發音各不相同，也請多注意。準備時請跟著MP3複誦，請記住，只要可以唸得正確，考試時就一定能選出正確答案。

ア行 ◯MP3-25

あ	あっ	あっしゅく 圧縮（壓縮）		
	あん	あん い 安易（簡單、輕鬆）	あんしん 安心（放心）	あんぜん 安全（安全）
		あんてい 安定（安定）		

い	い	い か 以下（以下）	いけん 意見（意見）	い し 意志（意志）
		い し 意思（意思）	いしき 意識（意識）	いしょう 衣装（服裝）
		い はん 違反（違反）	い み 意味（意義）	
	いち	いちおう 一応（大略、姑且）	いちじ 一時（暫時）	いち ぶ 一部（一部分）
		いちりゅう 一流（一流）		
	いっ	いっ か 一家（一家）	いっしゅ 一種（一種）	いっしゅん 一瞬（一瞬間）
		いっしょ 一緒（一起）	いっしょう 一生（一生）	いったい 一体（究竟）
		いっ ち 一致（一致）	いってい 一定（固定）	いっぱん 一般（一般）
		いっぽう 一方（一方）		

う	う	右折（右轉）　有無（有無）

え	え	絵本（畫冊、繪本）
	えい	映画（電影）
	えん	延期（延期）　演技（表演）　演劇（戲劇）
		演習（課堂練習、演習）　演説（演說）　演奏（演奏）

お	おう	応接（接待）　応対（應對）　応用（應用）
	おん	温室（溫室）　温泉（溫泉）　温帯（溫帶）
		温暖（溫暖）　温度（溫度）

カ行 ◎MP3-26

か	か	化学（化學）　過去（過去）　貨物（貨物）
	かい	会員（會員）　絵画（繪畫）　開会（開會）
		会議（會議）　会計（算帳）　解決（解決）
		会合（聚會、集會）　改札（剪票）　解散（解散）
		開始（開始）　会社（公司）　解釈（解釋）
		会場（會場）　改正（修改）　解説（解說）
		改善（改善）　改造（改造）　開通（通車、通話）
		解答（解答）　開封（開封）　回復（恢復）
		開放（開放）　解放（解放）　会話（會話）

か	がい	外国（外國）		
	かく	確実（確實）	確認（確認）	確率（機率）
	がく	学歴（學歷）		
	かっ	活気（朝氣）	格好（外表、姿態）	
	がっ	学会（學會）	学期（學期）	楽器（樂器）
		学級（班級）	学校（學校）	
	かん	感覚（感覺）	観客（觀眾）	環境（環境）
		関係（關係）	感激（感激）	観光（觀光）
		関西（關西）	観察（觀察）	感謝（感謝）
		感情（感情）	感心（佩服）	関心（關心）
		感想（感想）	乾燥（乾燥）	観測（觀測）
		感動（感動）	観念（觀念）	関連（關聯）
	がん	元日（元旦）		

き			
き	記憶<ruby>きおく</ruby>（記憶）	機会<ruby>きかい</ruby>（機會）	機械<ruby>きかい</ruby>（機械）
	機関<ruby>きかん</ruby>（機關）	機嫌<ruby>きげん</ruby>（心情）	記号<ruby>きごう</ruby>（記號）
	記事<ruby>きじ</ruby>（報導）	記者<ruby>きしゃ</ruby>（記者）	貴重<ruby>きちょう</ruby>（寶貴）
	機能<ruby>きのう</ruby>（機能）	希望<ruby>きぼう</ruby>（希望）	気楽<ruby>きらく</ruby>（輕鬆、安樂）
	記録<ruby>きろく</ruby>（紀錄）		
きっ	切符<ruby>きっぷ</ruby>（票）	喫茶店<ruby>きっさてん</ruby>（咖啡廳）	
きゅう	休暇<ruby>きゅうか</ruby>（休假）	休業<ruby>きゅうぎょう</ruby>（歇業）	休憩<ruby>きゅうけい</ruby>（休息）
	休講<ruby>きゅうこう</ruby>（停課）	休息<ruby>きゅうそく</ruby>（休息）	休養<ruby>きゅうよう</ruby>（休養）
きょ	去年<ruby>きょねん</ruby>（去年）		
ぎょ	漁業<ruby>ぎょぎょう</ruby>（漁業）		
きょう	競争<ruby>きょうそう</ruby>（競爭）	強力<ruby>きょうりょく</ruby>（強力）	協力<ruby>きょうりょく</ruby>（協助）
ぎょう	行列<ruby>ぎょうれつ</ruby>（隊伍）		
きょく	曲線<ruby>きょくせん</ruby>（曲線）		
きん	禁煙<ruby>きんえん</ruby>（禁煙）	金額<ruby>きんがく</ruby>（金額）	金庫<ruby>きんこ</ruby>（保險箱）
	金属<ruby>きんぞく</ruby>（金屬）	金融<ruby>きんゆう</ruby>（金融）	

く			
く	工夫<ruby>くふう</ruby>（下工夫）		
くう	空気<ruby>くうき</ruby>（空氣）	空港<ruby>くうこう</ruby>（機場）	空想<ruby>くうそう</ruby>（空想）
	空中<ruby>くうちゅう</ruby>（空中）		

け	景色（風景）	化粧（化妝）	
げ	外科（外科）	下車（下車）	
けい	経営（經營）	計画（計畫）	警官（警察）
	経験（經驗）	警告（警告）	経済（經濟）
	警察（警察）	計算（計算）	形式（形式）
	経度（經度）	競馬（賽馬）	警備（戒備）
	経由（經由）		
けつ	結論（結論）		
げつ	月曜（週一）		
けっ	結果（結果）	結局（結局）	結婚（結婚）
	決心（決心）	欠席（缺席）	決定（決定）
	欠点（缺點）		
げっ	月給（月薪）		
けん	見解（見解）	見学（參觀）	見当（頭緒、方向）
	見物（觀光）		
げん	原因（原因）	元気（有精神）	現金（現金）
	原稿（稿子）	現在（現在）	原産（原產）
	原始（原始）	現実（現實）	現象（現象）
	現状（現狀）	現代（現代）	現場（現場）
	原理（原理）	原料（原料）	

け

こ				
	ご	誤解（誤解）	午後（下午）	
	こう	公園（公園）	公演（公演）	講演（演講）
		公害（公害）	交換（交換）	後期（後半期）
		公共（公共）	工業（工業）	交差（交叉）
		交際（交往）	工作（施工、工藝課）	
		公式（正式、公式）	後者（後者）	公衆（公眾）
		工場（工廠）	公正（公正）	交替（輪流）
		交通（交通）	交番（派出所）	公表（公佈）
		公平（公平）	公務（公務）	交流（交流）
	ごう	強引（強行、硬幹）		
	こく	国際（國際）	国籍（國籍）	国民（國民）
		国立（國立）		
	こっ	国家（國家）	国会（國會）	国境（國境）
		骨折（骨折）		

83

サ行 ◎MP3-27

さ			
さ	作業（作業）	作法（禮節）	左右（左右）
さい	最近（最近）	最後（最後）	最高（最棒）
	最終（最終）	最初（最初）	最中（正在）
	最低（最糟）	採用（錄用）	
さく	作者（作者）	作成（寫文件）	作製（製作）
	作品（作品）	作文（作文）	作物（作物）
さっ	作家（作家）	作曲（作曲）	
ざっ	雑誌（雜誌）		
さん	参加（參加）		

し			
し	資格（證照）	自然（自然）	思想（思想）
じ	自衛（自衛）	時間（時間）	時期（時期）
	事件（事件）	事故（事故）	自殺（自殺）
	事実（事實）	自習（自習）	事情（原委）
	自身（自身）	自信（自信）	地震（地震）
	事態（局勢）	自宅（自宅）	自治（自治）
	自動（自動）	自分（自己）	自慢（自豪）
	事務（事物）	地面（地面）	自由（自由）
	自立（自立）		

じつ	実現（實現）	実物（實物）	実用（實用）	
	実力（實力）			
しっ	失敗（失敗）			
じっ	実感（真實感）	実験（實驗）	実行（實行）	
	実際（實際）	実施（實施）	実習（實習）	
	実績（實際成效）			
しゃっ	借金（借款）			
しゅ	手術（手術）	首相（首相）	手段（手段）	
	守備（守備）			
じゅ	寿命（壽命）			
しゅう	集中（集中）	周辺（週邊）		
じゅう	重視（重視）	重体（重傷、病危）	重大（重大）	
	重点（重點）	重役（重任、董事）	重要（重要）	
	重量（重量）	重力（重力）		
しゅつ	出演（演出）	出場（出場）		
しゅっ	出勤（上班）	出身（出身）	出席（出席）	
	出張（出差）	出発（出發）	出版（出版）	
じゅん	順調（順利）	順番（輪流）		
じょ	女性（女性）			
しょう	正月（新年）	正直（老實）	消費（消費）	
	省略（省略）			

し

し	じょう	上下（上下） じょうげ	条件（條件） じょうけん	乗車（乘車） じょうしゃ
		上達（進步） じょうたつ		
	しょく	植物（植物） しょくぶつ	食物（食物） しょくもつ	
	しん	深刻（嚴重） しんこく	進出（擴張勢力） しんしゅつ	森林（森林） しんりん
	じん	人口（人口） じんこう	神社（神社） じんじゃ	人生（人生） じんせい

す	ず	頭痛（頭痛） ずつう	図面（圖樣） ずめん

せ	せ	世界（世界） せかい	世間（世上） せけん	
	せい	正解（解答） せいかい	正確（正確） せいかく	性格（性格） せいかく
		世紀（世紀） せいき	請求（請求） せいきゅう	政治（政治） せいじ
		性質（性質） せいしつ	精神（精神） せいしん	性能（性能） せいのう
		性別（性別） せいべつ	西洋（西洋） せいよう	
	せっ	積極（積極） せっきょく	接近（接近） せっきん	設計（設計、規劃） せっけい
	ぜっ	絶対（絕對） ぜったい		
	ぜん	全体（全體） ぜんたい		

そ	そう	相違（差異、不同）	相互（相互）	操作（操作）
		相続（繼承）	相談（商量）	装置（裝置）
		相当（相當）		
	ぞう	象（大象）		
	そっ	率直（坦率）		
	そん	尊重（尊重）		

タ行 ◎MP3-28

た	たい	大会（大會）	大気（大氣）	大使（大使）
		対象（對象）	大切（重要）	大戦（大戰）
		大半（大部分）	台風（颱風）	大木（大樹）
		大陸（大陸）	対策（對策）	
	だい	台本（腳本）	大工（木工）	大事（重要）
		大臣（大臣）		
	たん	誕生（誕生）	担当（擔任）	
	だん	男女（男女）		

ち	ち	地図（地圖）	地帯（地帯）	
	ちゃ	茶碗（飯碗）		
	ちゅう	注意（注意）	中間（中間）	中古（中古）
		中止（中止）	中心（中心）	中性（中性）
		中途（中途）	中年（中年）	注目（注目）
	ちょう	超過（超過）	調査（調査）	調子（狀況）
		長所（長處）	調整（調整）	調節（調節）
		長男（長男）		
	ちょく	直後（緊接著）	直接（直接）	直線（直線）
		直前（就要、即將）	直通（直通）	直流（直流）
	ちょっ	直角（直角）	直径（直徑）	

つ	つ	都合（狀況、方便）		
	つい	追加（追加）		
	つう	通過（通過）	通学（通學）	通勤（通勤）
		通行（通行）	通信（通訊）	通知（通知）
		通帳（存摺）	通訳（口譯）	通用（通用）
		通路（走道）		

て	てい	提案（提案）		
	てき	適切（妥當）	適度（適度）	適当（適當）
		適用（適用）		
	てつ	徹夜（徹夜）		
	てっ	鉄橋（鐵橋）	徹底（徹底）	
	てん	天然（天然）		
	でん	伝記（傳記）		

と	と	都市（都市）	土地（土地）	図書館（圖書館）
	ど	土台（地基、基礎）		土木（土木）
	とう	東西（東西）	盗難（失竊）	頭部（頭部）
	どう	動作（動作）	同僚（同事）	
	とく	特殊（特殊）	特色（特色）	特徴（特徴）
		特定（特定）	特売（特賣）	特別（特別）
		特有（特有）		
	どく	独身（單身）	独特（獨特）	独立（獨立）
	とっ	特急（特快車）		

ナ行 ◎MP3-29

に	に	荷物（行李）
	にち	日曜（週日）
	にっ	日課（例行工作）　日記（日記）　日光（日光） 日中（日華、白天）　日程（日程）
	にょう	女房（妻子）
	にん	人形（人偶）　人間（人類）

ね	ねっ	熱心（積極）　熱帯（熱帯）　熱中（沈迷）

ハ行 ◎MP3-30

は	はく	拍手（拍手）
	はつ	発電（發電）　発売（發售）　発音（發音） 発明（發明）
	はっ	発刊（出刊）　発揮（發揮）　発見（發現） 発行（發行）　発車（發車）　発射（發射） 発想（想法）　発達（發達）　発展（發展） 発表（發表）
	はん	反映（反映）　反抗（反抗）　反省（反省） 反対（反對）

ひ			
ひ	皮肉（諷刺）		
ひつ	必要（需要）		
ひっ	必死（拼命地）	筆者（筆者）	
ひょう	評判（批評）		
びょう	平等（平等）		

ふ			
ふ	不安（不安）	不運（倒楣）	不可（不可）
	普及（普及）	不況（不景氣）	不潔（不潔）
	不幸（不幸）	夫人（夫人）	不正（不正當）
	不足（不足）	不通（不通）	不平（發牢騷）
	不便（不方便）	不満（不滿）	不利（不利）
	不規則（不規則）	不思議（不可思議）	
	不自由（不自由）		
ぶ	無事（平安）	舞台（舞台）	部品（零件）
ふう	夫婦（夫婦）		
ふく	服装（服裝）		
ぶつ	物理（物理）		
ぶっ	物価（物價）	物資（物資）	物質（物質）
	物騒（動盪不安、危險）		

91

ふ	ぶん	分解（分解）	文学（文學）	分数（分數）
		分析（分析）	分布（分佈）	分野（領域）
		分量（份量）	分類（分類）	

へ	へい	平気（不在意）	平均（平均）	平行（平行）
		平日（平日）	平凡（平凡）	平野（平原）
		平和（和平）		
	べっ	別荘（別墅）		
	へん	変化（變化）		
	べん	便利（方便）		

ほ	ほ	保存（保存）		
	ぼ	募集（招募）		
	ほう	方角（方位、角度）	方言（方言）	方向（方向）
		方針（方針）	方法（方法）	方面（方面）
		方程式（方程式）		
	ぼう	貿易（貿易）	防犯（防盗、防止犯罪）	
	ほっ	北極（北極）		
	ほん	本日（今日）		

マ行 ◎MP3-31

み	みょう　名字（姓氏）

む	む　　無限（無限）　　無視（無視）　　無地（沒有花紋、素色） 無数（無數）　　無駄（白費、浪費） 無理（勉強、不可能）　　　　　無料（免費）

め	めい　名作（名著）　　名刺（名片）　　名人（高手） 名物（名產）　　命令（命令）

も	も　　文字（文字）

ヤ行 ◎MP3-32

や	やく　役割（任務、角色） やっ　薬局（藥局）

ゆ	ゆ　　輸出（出口）　　油断（疏忽）　　輸入（進口） ゆう　有効（有效）　　郵便（郵件）　　有名（有名）

よ	よ	予期（預期）	予算（預算）	予習（預習）
		予測（預測）	予定（預定）	予備（預備）
		予報（預報）	予防（預防）	予約（預約）
	よう	用意（準備）	容易（容易）	要求（要求）
		要旨（要點）	用事（事情）	用心（留意）
		様子（樣子）	要素（要素）	要点（要點）
		用途（用途）	要領（要領）	

ラ行 ◎MP3-33

ら	らっ	落下（落下）

り	り	理解（理解）
	りゅう	留学（留學）
	りょ	旅行（旅行）
	りょう	漁師（漁夫）

る	る	留守（不在）

れ	れい	<ruby>冷蔵庫<rt>れいぞうこ</rt></ruby>（冰箱）

れい　　冷蔵庫（冰箱）

れっ　　列車（列車）　　列島（列島）

れん　　連合（聯合）　　連想（聯想）　　連続（連續）
　　　　連絡（聯絡）

單字整理　實力測驗　解答解析

第一單元　言語知識（文字・語彙）

文法分析　實力測驗　解答解析

第二單元　言語知識（文法）

閱讀解析　實力測驗　解答解析

第三單元　讀解

題型整理　實力測驗　解答解析

第四單元　聽解

實力測驗

問題Ｉ 　_____の言葉の読み方として最もよいものを、１・２・３・４
から一つ選びなさい。

（　）01　まもなく試験が始まります。学生は試験に備えて勉強してい
ます。

　　　１ おぼえて　　　２ そなえて　　　３ つたえて　　　４ ささえて

（　）02　人々は戦争に疲れて、平和を強く求めている。

　　　１ まとめて　　　２ みとめて　　　３ もとめて　　　４ つとめて

（　）03　あの人は「警察の者ですが、ちょっとお聞きしたいことがあ
ります」と言った。

　　　１ けいさ　　　　２ けいさつ　　　３ けんさ　　　　４ けんさつ

（　）04　受付の人は客との応対に忙しい。

　　　１ おうたい　　　２ おうだい　　　３ たいおう　　　４ だいおう

（　）05　店員はスーパーの商品を棚に並べる作業をしている。

　　　１ さぎょ　　　　２ さぎょう　　　３ さくぎょ　　　４ さくぎょう

問題ＩＩ 　_____の言葉を漢字で書くとき、最もよいものを１・２・
３・４から一つ選びなさい。

（　）06　古い自転車のぶひんを取りかえて、乗れるようにした。

　　　１ 付品　　　　　２ 不品　　　　　３ 物品　　　　　４ 部品

（　）07　きょうは<u>ようじ</u>がありますから、早く帰らなければなりません。

1 幼児　　　　　2 用事　　　　　3 用紙　　　　　4 融資

（　）08　景気が<u>かいふく</u>したので、失業者が減った。

1 回覆　　　　　2 回復　　　　　3 快覆　　　　　4 快復

（　）09　<u>まよった</u>ときは、先生に相談したほうがいいです。

1 疑った　　　　2 迷った　　　　3 謝った　　　　4 誤った

（　）10　山の風は<u>すずしくて</u>気持ちがいい。

1 凍しくて　　　2 寒しくて　　　3 涼しくて　　　4 冷しくて

|問題Ⅲ|　（　　　　）に入れるのに最もよいものを、1・2・3・4から一つ選びなさい。

（　）11　妹は首相の名前も知らないほど、政治には（　　　　）関心だ。

1 不　　　　　　2 無　　　　　　3 未　　　　　　4 非

（　）12　次の殺人が起こる前に、（　　　　）犯人を見つけることができますか。

1 名　　　　　　2 本　　　　　　3 正　　　　　　4 真

（　）13　あのツアーは旅行（　　　　）でバスの交通事故にあった。

1 点　　　　　　2 先　　　　　　3 発　　　　　　4 着

（　）14　学生証をなくして（　　　　）発行してもらった。

1 次　　　　　　2 追　　　　　　3 重　　　　　　4 再

（　）15　多くの犯罪は（　　　　）解決のままで残っている。

　　　　1 不　　　　　　2 未　　　　　　3 否　　　　　　4 無

問題IV　（　　　　）に入れるのに最もよいものを、1・2・3・4から一

　　　　つ選びなさい。

（　）16　私はお客さんにその件で（　　　　）を言われました。

　　　　1 苦労　　　　　2 苦情　　　　　3 愛情　　　　　4 表情

（　）17　彼は無口だが、言うことは（　　　　）を得ている。

　　　　1 要旨　　　　　2 要素　　　　　3 要点　　　　　4 要領

（　）18　祖母の命は長くも（　　　　）半年だと医者に言われた。

　　　　1 そろそろ　　　2 いよいよ　　　3 もともと　　　4 せいぜい

（　）19　（　　　　）して、乗る列車を間違えた。

　　　　1 ぼんやり　　　2 ゆっくり　　　3 すっかり　　　4 さっぱり

（　）20　私は食べ物がなくて（　　　　）いる子供を、黙って見ていら
　　　　れない。

　　　　1 きえて　　　　2 うえて　　　　3 こえて　　　　4 はえて

問題V　_____の言葉に意味が最も近いものを、1・2・3・4から一

　　　　つ選びなさい。

（　）21　会社のシステムは複雑でわかりにくい。

　　　　1 仕入れ　　　　2 仕組み　　　　3 仕立て　　　　4 仕送り

（　）22　彼女は決して<u>平凡な</u>生徒ではない。

　　　　1 めずらしい　　　2 みっともない　3 普通の　　　　4 特別な

（　）23　彼は<u>ためらう</u>ことなく消火器のピンを抜いた。

　　　　1 困る　　　　　　2 迷う　　　　　3 失う　　　　　4 甘える

（　）24　<u>せっかく</u>おいでいただいたのに、留守をして申し訳ありません。

　　　　1 やはり　　　　　2 こっそり　　　3 もともと　　　4 わざわざ

（　）25　お忙しいところ、<u>面倒</u>をかけて申し訳ありませんでした。

　　　　1 お手当て　　　　2 お手入れ　　　3 お手数　　　　4 お手配

問題Ⅵ　次の言葉の使い方として最もよいものを、1・2・3・4から一つ選びなさい。

（　）26　行方

　　　　1 郵便局への行方をご存じですか。
　　　　2 今回の来日の行方は何ですか。
　　　　3 犯人の行方がわからない。
　　　　4 台風は行方を変えました。

（　）27　分野

　　　　1 本校の卒業生は社会の各分野で活躍している。
　　　　2 大学で政治学を分野に勉強している。
　　　　3 豊富な分野の花が公園に植えてある。
　　　　4 彼の活動分野は広い。

（　）28　安易

1 病気が治ったという母の手紙を読んで安易した。

2 君はあまりに問題を安易に考えている。

3 ドルは安易した通貨だ。

4 歩行者の安易を第一に考える。

（　）29　とっくに

1 ぼくの顔を見ると、とっくに逃げ出した。

2 とっくには遊びに来てください。

3 きょうはとっくに暑い。

4 みんなはとっくに知っている。

（　）30　ふりむく

1 彼女は私の顔をじっとふりむいて話している。

2 美しい星空をふりむいている。

3 東京タワーから広い東京の町をふりむいた。

4 名前を呼ばれてふりむいた。

解答

問題 I

01	02	03	04	05
2	3	2	1	2

問題 II

06	07	08	09	10
4	2	2	2	3

問題 III

11	12	13	14	15
2	4	2	4	2

問題 IV

16	17	18	19	20
2	4	4	1	2

問題 V

21	22	23	24	25
2	3	2	4	3

問題 VI

26	27	28	29	30
3	1	2	4	4

中文翻譯及解析

_____の言葉の読み方として最もよいものを、1・2・3・4から一つ選びなさい。（請從1・2・3・4當中選出一個底線單字的讀音最好的答案。）

（　）01　まもなく試験が始まります。学生は試験に備えて勉強しています。

　　　　1 おぼえて　　　2 そなえて　　　3 つたえて　　　4 ささえて

中譯　沒多久考試就要開始了。學生正努力地準備考試。

解析　本題測驗動詞ます形語尾為「え」的動詞，選項1是「覚える」（記住）；選項2是「備える」（準備）；選項3是「伝える」（傳達）；選項4是「支える」（支撐、維持）。正確答案為選項2。

（　）02　人々は戦争に疲れて、平和を強く求めている。

　　　　1 まとめて　　　2 みとめて　　　3 もとめて　　　4 つとめて

中譯　每個人都對戰爭感到疲倦，強烈追求和平。

解析　本題測驗動詞ます形語尾為「め」的動詞，選項1是「まとめる」（歸納）；選項2是「認める」（同意）；選項3是「求める」（追求）；選項4是「勤める / 努める」（工作 / 努力）。正確答案為選項3。

（　）03　あの人は「警察の者ですが、ちょっとお聞きしたいことがあります」と言った。

　　　　1 けいさ　　　2 けいさつ　　　3 けんさ　　　4 けんさつ

中譯　那個人說「我是警察，有事情想請教您一下」。

解析　本題測驗漢字音讀，重點在於「警」的音讀是長音「けい」而非鼻音「けん」以及「察」的音讀是「さつ」而非「さ」。正確答案為選項2。

（　）04　受付の人は客との<ruby>応対<rt>おうたい</rt></ruby>に<ruby>忙<rt>いそが</rt></ruby>しい。

<ruby>受付<rt>うけつけ</rt></ruby>の<ruby>人<rt>ひと</rt></ruby>は<ruby>客<rt>きゃく</rt></ruby>との

　　　　1 おうたい　　　　2 おうだい　　　　3 たいおう　　　　4 だいおう

中譯 櫃台人員忙著接待客人。

解析 本題測驗漢字音讀，重點在於「<ruby>対<rt>たい</rt></ruby>」的音讀是清音的「たい」而非濁音的「だい」。此外，「<ruby>応対<rt>おうたい</rt></ruby>」和「<ruby>対応<rt>たいおう</rt></ruby>」兩字容易誤認，也要特別小心。正確答案為選項1。

（　）05　<ruby>店員<rt>てんいん</rt></ruby>はスーパーの<ruby>商品<rt>しょうひん</rt></ruby>を<ruby>棚<rt>たな</rt></ruby>に<ruby>並<rt>なら</rt></ruby>べる<ruby>作業<rt>さぎょう</rt></ruby>をしている。

　　　　1 さぎょ　　　　2 さぎょう　　　　3 さくぎょ　　　　4 さくぎょう

中譯 店員進行著將超商的貨品陳列在架上的工作。

解析 本題測驗漢字音讀，重點在於「<ruby>作<rt>さ</rt></ruby>」的音讀是較特殊的「さ」而非常見的「さく」以及「<ruby>業<rt>ぎょう</rt></ruby>」的音讀是長音「ぎょう」而非短音「ぎょ」。正確答案為選項2。

問題II _____の言葉を漢字で書くとき、最もよいものを1・2・3・4から一つ選びなさい。（請從1・2・3・4當中選出一個書寫底線單字時最好的答案。）

（　）06　古い自転車のぶひんを取りかえて、乗れるようにした。

1 付品　　　2 不品　　　3 物品　　　4 部品

中譯 更換了舊腳踏車的零件，讓它可以騎。

解析 四個選項的第一個漢字基本音讀各為「付」、「不」、「物」、「部」，構成漢詞後只有選項3「物品」（物品）、選項4「部品」（零件）是有意義的詞彙。正確答案為選項4。

（　）07　きょうはようじがありますから、早く帰らなければなりません。

1 幼児　　　2 用事　　　3 用紙　　　4 融資

中譯 因為今天有事，所以一定要早回去。

解析 四個選項都是有意義的詞彙，選項3「用紙」（規定用紙）的最後一個音節是清音「し」、選項4「融資」（融資）的第一個音節是「ゆ」，都不符合題目要求。選項1「幼児」（幼兒）、選項2「用事」（事情）發音相同，但因為「あります」只能用來表示事物的存在，所以應排除選項1。正確答案為選項2。

（　）08　景気がかいふくしたので、失業者が減った。

1 回覆　　　2 回復　　　3 快覆　　　4 快復

中譯 因為景氣復甦了，所以失業者減少了。

解析 選項1、選項3都是不存在的詞彙，應優先排除。選項2「回復」（復甦）、選項4「快復」（復元）發音都符合題目要求，意思也接近。不過「快復」通常只用於病後的復元，在此並不適合。正確答案為選項2。

（ ）09　まよったときは、先生に相談したほうがいいです。

　　　　 1 疑った　　　　2 迷った　　　　3 謝った　　　　4 誤った

中譯　迷惘的時候，和老師商量比較好。

解析　本題測驗た形語尾為「った」的動詞，選項1是「疑う」（懷疑）；選項2
　　　是「迷う」（迷惘）；選項3是「謝る」（道歉）；選項4是「誤る」（弄
　　　錯）。正確答案為選項2。

（ ）10　山の風はすずしくて気持ちがいい。

　　　　 1 凍しくて　　　　2 寒しくて　　　　3 涼しくて　　　　4 冷しくて

中譯　山上的風很涼爽，很舒服。

解析　四個選項最後三個音節都是「しくて」，由此可知本題測驗的是最後兩個
　　　音節是「しい」的イ形容詞。「凍」無法構成有意義的イ形容詞，「寒」
　　　構成的是「寒い」（寒冷的）、「冷」構成的是「冷たい」（冰的），只
　　　有「涼しい」（涼爽的）是正確的單字。正確答案為選項3。

問題III ( ) に入れるのに最もよいものを、1・2・3・4から一つ選びなさい。（請從1・2・3・4當中選出一個放入括弧中最好的答案。）

( ) 11 妹は首相の名前も知らないほど、政治には（ ）関心だ。

1 不　　　　2 無　　　　3 未　　　　4 非

中譯 妹妹對政治漠不關心，連首相的名字都不知道。

解析 本題測驗接頭語，日語要表示「不感興趣」、「漠不關心」時，在「関心」之前加的接頭語是「無」，構成「無関心」。正確答案為選項2。

( ) 12 次の殺人が起こる前に、（ ）犯人を見つけることができますか。

1 名　　　　2 本　　　　3 正　　　　4 真

中譯 在發生下一個兇殺案之前，能夠找到真兇嗎？

解析 本題測驗接頭語，日語要表示「真兇」時，使用的詞彙和中文一樣，在「犯人」之前加的接頭語是「真」，構成「真犯人」。正確答案為選項4。

( ) 13 あのツアーは旅行（ ）でバスの交通事故にあった。

1 点　　　　2 先　　　　3 発　　　　4 着

中譯 那個旅行團在觀光地發生了遊覽車車禍。

解析 本題測驗接尾語，日語要表示某個行為地時，加上的接尾語是「先」，例如「出張先」是「出差地」、「滞在先」是「住宿處」。因此「旅行」後面要加上「先」，構成「旅行先」。正確答案為選項2。

（　）14　学生証をなくして（　　　　）発行してもらった。

1 次　　　　　　　2 追　　　　　　　3 重　　　　　　　4 再

中譯　弄丟了學生證，辦了補發。

解析　本題測驗接頭語，日語要表示「重新」時，加上的接頭語是「再」，因此要在「発行」之前加上「再」，構成「再発行」。正確答案為選項4。

（　）15　多くの犯罪は（　　　　）解決のままで残っている。

1 不　　　　　　　2 未　　　　　　　3 否　　　　　　　4 無

中譯　留下了許多尚未解決的犯罪案件。

解析　本題測驗接頭語，日語要表示「尚未解決」時，使用的詞彙和中文類似。因此在「解決」之前加的接頭語是「未」，構成「未解決」。正確答案為選項2。

問題IV （　　　）に入れるのに最もよいものを、1・2・3・4から

一つ選びなさい。（請從1・2・3・4當中選出一個放入括弧

中最好的答案。）

（　）16　私はお客さんにその件で（　　　）を言われました。

1 苦労　　　　　**2 苦情**　　　　　3 愛情　　　　　4 表情

中譯　我被客人抱怨那件事情。

解析　本題測驗漢詞詞意，選項1「苦労」是「辛苦」；選項2「苦情」是「抱
怨」；選項3「愛情」是「愛」；選項4「表情」是「表情」。本題判斷
關鍵是「その件」後面加上的是表示原因的「で」以及被動語尾「～られ
る」。正確答案為選項2。

（　）17　彼は無口だが、言うことは（　　　）を得ている。

1 要旨　　　　　2 要素　　　　　3 要点　　　　　**4 要領**

中譯　他雖然不愛說話，但是說起話來深得要領。

解析　本題測驗漢詞詞意，選項1「要旨」是「主旨」；選項2「要素」是「要
素」；選項3「要点」是「要點、重點」；選項4「要領」是「竅門、方
法」。本題判斷重點是「要領」後面經常配合的動詞就是「得る」，用來
表示很有技巧。正確答案為選項4。

（　）18　祖母の命は長くも（　　　）半年だと医者に言われた。

1 そろそろ　　　　2 いよいよ　　　　3 もともと　　　　**4 せいぜい**

中譯　醫生說祖母的生命最長頂多半年。

解析　本題測驗副詞，選項1「そろそろ」是「就要」；選項2「いよいよ」是
「終於」；選項3「もともと」是「原本」；選項4「せいぜい」是「頂
多」。本題判斷重點是「長くも」（再長也）這個結構，正確答案為選項
4。

（　）19　（　　　　）して乗る列車を間違えた。

　　　　　1 ぼんやり　　　2 ゆっくり　　　3 すっかり　　　4 さっぱり

中譯　心不在焉，坐錯了要搭的車。

解析　本題測驗副詞，選項1「ぼんやり」是「發呆」；選項2「ゆっくり」是「慢慢地」；選項3「すっかり」是「完全」；選項4「さっぱり」是「痛快、精光」。本題判斷重點是動詞「間違えた」（弄錯了），正確答案為選項1。

（　）20　私は食べ物がなくて（　　　　）いる子供を、黙って見ていられない。

　　　　　1 きえて　　　　2 うえて　　　　3 こえて　　　　4 はえて

中譯　我無法沉默地看著因為沒有食物而飢餓的孩童。

解析　本題測驗動詞，選項1是「消える」（消失）；選項2是「飢える」（飢餓）；選項3是「超える」（超過）；選項4是「生える」（生長）。本題判斷重點是「食べ物がなくて」（沒有食物）這個原因，正確答案為選項2。

109

問題V ＿＿＿の言葉に意味が最も近いものを、1・2・3・4から一つ選びなさい。（請從1・2・3・4當中選出一個和底線單字的意思最相近的答案。）

（　）21　会社のシステムは複雑でわかりにくい。

1 仕入れ　　　2 仕組み　　　3 仕立て　　　4 仕送り

中譯　公司的組織很複雜很難懂。

解析　選項1「仕入れ」是「採購」；選項2「仕組み」是「結構」；選項3「仕立て」是「裁縫」；選項4「仕送り」是「寄生活費」。和「システム」（組織、系統）字義最接近的是「仕組み」，正確答案為選項2。

（　）22　彼女は決して平凡な生徒ではない。

1 めずらしい　　2 みっともない　　3 普通の　　　4 特別な

中譯　她絕對不是個平凡的學生。

解析　選項1「めずらしい」是「罕見的」；選項2「みっともない」是「不像樣的」；選項3的「普通」是「普通」；選項4的「特別」是「特別」。和「平凡」（平凡）字義最接近的是「普通」，正確答案為選項3。

（　）23　彼はためらうことなく消火器のピンを抜いた。

1 困る　　　　2 迷う　　　　3 失う　　　　4 甘える

中譯　他毫不猶豫地拔掉了滅火器的插銷。

解析　選項1「困る」是「困擾」；選項2「迷う」是「迷惘」；選項3「失う」是「喪失」；選項4「甘える」是「撒嬌」。和「ためらう」（猶豫）字義最接近的是「迷う」，正確答案為選項2。

（　）24　<u>せっかく</u>おいでいただいたのに、留守（るす）をして申（もう）し訳（わけ）ありません。

　　　　1 やはり　　　　　2 こっそり　　　　3 もともと　　　　**4 わざわざ**

中譯 您特地前來，我卻不在，真是非常抱歉。

解析 選項1「やはり」是「仍然」；選項2「こっそり」是「偷偷地」；選項3「もともと」是「原本」；選項4「わざわざ」是「特意、好不容易」。和「せっかく」（特意地）字義最接近的是「わざわざ」，正確答案為選項4。

（　）25　お忙（いそが）しいところを、<u>面倒（めんどう）</u>をかけて申（もう）し訳（わけ）ありませんでした。

　　　　1 お手当（てあ）て　　　2 お手入（てい）れ　　　**3 お手数（てすう）**　　　4 お手配（てはい）

中譯 百忙之中還給您添麻煩，真是非常抱歉。

解析 選項1的「手当（てあ）て」是「津貼、治療」；選項2的「手入（てい）れ」是「保養」；選項3的「手数（てすう）」是「費事、費心」；選項4的「手配（てはい）」是「籌備、通緝」。和「面倒（めんどう）」（麻煩、費事）字義最接近的是「手数（てすう）」，正確答案為選項3。

問題 VI 次の言葉の使い方として最もよいものを、1・2・3・4から
一つ選びなさい。（請從1・2・3・4當中選出一個以下單字
最正確的用法。）

( ) 26 行方

1 郵便局への行方→行き方をご存じですか。
2 今回の来日の行方→目的は何ですか。
3 犯人の行方がわからない。
4 台風は行方→進路を変えました。

中譯 1 您知道郵局怎麼走嗎？

2 這次來日本的目的是什麼呢？

3 不知道兇手的行蹤。

4 颱風改變了前進的方向。

解析 「行方」有「去向」、「行蹤」的意思，通常只用於人。選項1應該改為
「行き方」（走法）；選項2應該改為「目的」（目的）；選項4應該改為
「進路」（前進的方向）。正確答案為選項3。

( ) 27 分野

1 本校の卒業生は社会の各分野で活躍している。
2 大学で政治学を分野→専門に勉強している。
3 豊富な分野→種類の花が公園に植えてある。
4 彼の活動分野→範囲は広い。

中譯 1 本校的畢業生在社會上各領域都很活躍。

2 在大學主修政治學。

3 公園裡種有種類豐富的花朵。

4 他的活動範圍很大。

解析 「分野」是「領域」的意思。選項2應該改為「専門」（專長、主修）；
選項3應該改為「種類」（種類）；選項4應該改為「範囲」（範圍）。正
確答案為選項1。

（　）28　安易^{あんい}

1 病気^{びょうき}が治^{なお}ったという母^{はは}の手紙^{てがみ}を読^よんで安易^{あんい}→安心^{あんしん}した。

2 君^{きみ}はあまりに問題^{もんだい}を安易^{あんい}に考^{かんが}えている。

3 ドルは安易^{あんい}→安定^{あんてい}した通貨^{つうか}だ。

4 歩行者^{ほこうしゃ}の安易^{あんい}→安全^{あんぜん}を第一^{だいいち}に考^{かんが}える。

中譯　1 看到母親來信說她病好了，我放心了。

2 你把問題想得太簡單。

3 美元是穩定的貨幣。

4 把行人的安全放第一。

解析　「安易^{あんい}」是「簡單」的意思。選項1應該改為「安心^{あんしん}」（放心）；選項3應該改為「安定^{あんてい}」（穩定）；選項4應該改為「安全^{あんぜん}」（安全）。正確答案為選項2。

（　）29　とっくに

1 ぼくの顔^{かお}を見^みると、とっくに→すぐに逃^にげ出^だした。

2 とっくに→たまには遊^{あそ}びに来^きてください。

3 きょうはとっくに→とくに暑^{あつ}い。

4 みんなはとっくに知^しっている。

中譯　1 一看到我，立刻逃走了。

2 請偶爾過來玩。

3 今天特別熱。

4 大家老早知道了。

解析　「とっくに」是「老早」的意思。選項1應該改為「すぐに」（立刻）；選項2應該改為「たまに」（偶爾）；選項3應該改為「とくに」（特別地）。正確答案為選項4。

（ ）30 ふりむく

1 彼女は私の顔をじっとふりむいて→見つめて話している。

2 美しい星空をふりむいて→見上げている。

3 東京タワーから広い東京の町をふりむいた→見下ろした。

4 名前を呼ばれてふりむいた。

中譯 1 她一直盯著我說話。

2 仰望美麗的星空。

3 從東京鐵塔俯視廣大的東京市區。

4 被叫了名字，轉頭過去。

解析 「振り向く」是「轉頭」的意思。選項1應該改為「見つめる」（凝視）；選項2應該改為「見上げる」（仰望）；選項3應該改為「見下ろす」（俯視）。正確答案為選項4。

言語知識（文法）

文法準備要領

　　本單元將新日檢N2範圍的文法、句型，依出題形式及句型間的關聯性，將一百五十八個句型分為「一、接尾語‧複合語；二、副助詞；三、複合助詞；四、接續用法；五、句尾用法；六、形式名詞」六大類。讀者只要依序讀下去，相信一定可以在最短的時間內記住相關句型。

　　再次強調一點，新日檢N2的考試重點在於「熟練」與否，以下一百五十八個句型不只要懂，而且要熟、要滾瓜爛熟。只有夠熟練，才能判斷得出答案，也才能空下更多的時間來做閱讀測驗！

　　新日檢N2「言語知識」的「文法」部分共有三大題，第一大題考句型；第二大題考句子重組；第三大題叫做文章文法，其實就是文章式克漏字。文法要得高分，讀者除了要學會相關句型外，還必須熟悉基礎文法，才能夠融會貫通。請讀者學完相關文法之後，務必進行最後的「實力測驗」，才能真正了解出題模式。

　　正式進入文法句型之前，請先記住以下連接形式，這樣可以更快速地瞭解相關句型的連接方式！

基本詞性

詞類	基本形	て形	假定形
動詞	書く	書いて	書けば
イ形容詞	高い	高くて	高ければ
ナ形容詞	元気	元気で	元気なら
名詞	学生	学生で	学生なら

常體

詞性	現在肯定	現在否定	過去肯定	過去否定
動詞	書く	書かない	書いた	書かなかった
イ形容詞	高い	高くない	高かった	高くなかった
ナ形容詞	元気だ	元気ではない	元気だった	元気ではなかった
名詞	学生だ	学生ではない	学生だった	学生ではなかった

名詞修飾形

詞性	現在肯定	現在否定	過去肯定	過去否定
動詞	書く	書かない	書いた	書かなかった
イ形容詞	高い	高くない	高かった	高くなかった
ナ形容詞	元気な	元気ではない	元気だった	元気ではなかった
名詞	学生の	学生ではない	学生だった	学生ではなかった

動詞連接形式

動詞詞性	連接
動詞辭書形	書<ruby>く<rt>か</rt></ruby>
動詞ます形	書き
動詞ない形	書かない
動詞（ない）形	書か
動詞た形	書いた
動詞て形	書いて
動詞ている形	書いている
動詞假定形	書けば
動詞意向形	書こう

必考文法分析

一 接尾語・複合語

（一）接尾語 🔘 MP3-34

---

001 **～だらけ**

意義 滿是～、全是～

連接 【名詞】＋だらけ

例句 ■ 交通事故にあった被害者は血だらけであった。

發生車禍的受害者滿身是血。

■ 子供たちは泥だらけになって遊んでいる。

小孩子們玩得滿身泥巴。

---

002 **～っぽい**

意義 感到～、容易～

連接 【動詞ます形・イ形容詞（い）・名詞】＋っぽい

例句 ■ 年のせいか、このごろ忘れっぽくなってしまった。

大概是年紀的關係，最近變得很健忘。

■ あの子は小学生なのに、とても大人っぽい。

那孩子雖然是小學生，但卻非常有大人樣。

003 ～がち

意義　常常～、容易～

連接　【動詞ます形・名詞】＋がち

例句　■ 彼女はいつも留守がちです。

　　　她總是常常不在家。

　　　■ 彼は体が弱く、学校を休みがちだ。

　　　他身子弱，常常向學校請假。

004 ～気味

意義　覺得有點～

連接　【動詞ます形・名詞】＋気味

例句　■ どうも風邪気味で、寒気がする。

　　　覺得好像感冒了，有點發冷。

　　　■ あの時計は遅れ気味だ。

　　　覺得那個時鐘有點慢。

005 ～げ

意義　看起來～、好像～

連接　【イ形容詞（い）・ナ形容詞】＋げ

例句　■ 彼は寂しげに、1人でそこに座っている。

　　　他看起來很寂寞地一個人坐在那裡。

　　　■ 子供たちが楽しげに遊んでいる。

　　　小朋友們好像很開心地在玩耍。

　　　■ 彼は得意げな顔でみんなに新しいスマホを見せた。

　　　他洋洋得意地讓大家看他的新手機。

（二）複合語 ◎MP3-35

單字整理　實力測驗　解答解析

第一單元　言語知識（文字・語彙）

文法分析　實力測驗　解答解析

第二單元　言語知識（文法）

閱讀解析　實力測驗　解答解析

第三單元　讀解

題型整理　實力測驗　解答解析

第四單元　聽解

006 ～かけだ／～かける／～かけの

意義 剛（開始）～

連接 【動詞ます形】＋かけだ・かける・かけの

例句 ■ 食卓<ruby>しょくたく</ruby>には食<ruby>た</ruby>べかけのりんごが残<ruby>のこ</ruby>っている。

餐桌上留著顆吃一半的蘋果。

■ 彼<ruby>かれ</ruby>は「さあ……」と言<ruby>い</ruby>いかけて、話<ruby>はなし</ruby>をやめた。

他說了「這……」，就沒說了。

007 ～きる／～きれる

意義 完成、做完

連接 【動詞ます形】＋きる・きれる

例句 ■ あの本<ruby>ほん</ruby>は発売<ruby>はつばい</ruby>と同時<ruby>どうじ</ruby>に売<ruby>う</ruby>りきれてしまった。

那本書在發售的同時就賣光了。

■ この長編小説<ruby>ちょうへんしょうせつ</ruby>を１日<ruby>いちにち</ruby>で読<ruby>よ</ruby>みきった。

一天就讀完這本長篇小說。

008 ～ぬく

意義 非常、堅持到底

連接 【動詞ます形】＋ぬく

例句 ■ これは考<ruby>かんが</ruby>えぬいて出<ruby>だ</ruby>した結論<ruby>けつろん</ruby>です。

這是想到最後做出的結論。

■ 彼<ruby>かれ</ruby>は４２キロのマラソンを走<ruby>はし</ruby>りぬいた。

他跑完四十二公里的馬拉松。

121

009 ～得る / ～得る / ～得ない

意義	可能～ / 不可能～

連接 【動詞ます形】＋得る・得る・得ない

例句 ■ そういうことは起こり得るだろう。

那樣的事情有可能會發生吧！

■ そういうことはあり得ないと思う。

我覺得那樣的事是不可能的。

010 ～かねない

意義 有可能～（變成不好的結果）

連接 【動詞ます形】＋かねない

例句 ■ 休まないで長時間運転したら、事故を起こしかねない。

不休息而長時間開車的話，有可能會引起事故。

■ そのように休みも取らずに働いていたら、体を壊しかねない。

像那樣不休息地工作的話，有可能會弄壞身子。

011 ～かねる

意義 不能～、無法～

連接 【動詞ます形】＋かねる

例句 ■ 申し訳ありませんが、私には分かりかねます。

很抱歉，我難以理解。

■ 会社を辞めたことを両親に言いかねている。

難以對父母親說出離職的事情。

012 〜がたい

意義 很難〜、難以〜

連接 【動詞ます形】＋がたい

例句 ■ そういうことはちょっと信_{しん}じがたい。

那樣的事有點難以相信。

■ 弱_{よわ}い者_{もの}をいじめるのは許_{ゆる}しがたい。

欺負弱小是不能允許的。

二 副助詞 ◎MP3-36

013 ～ばかりに

意義 只是因為～

連接 【名詞修飾形】＋ばかりに（例外：名詞＋である）

例句 ■ 古い魚を食べたばかりに、おなかを壊してしまった。

只是因為吃了不新鮮的魚，就弄壞肚子了。

■ 数学の先生が嫌いなばかりに、数学も嫌いになってしまった。

只是因為討厭數學老師，就連數學也討厭了。

014 ～ばかりか / ～ばかりでなく

意義 不僅～而且～

連接 【名詞修飾形】＋ばかりか・ばかりでなく

（例外：名詞後不加「の」）

例句 ■ 太郎は頭がいいばかりでなく、心も優しい子だ。

太郎不只聰明，還是個心地善良的小孩。

■ 子供ばかりか、大人もアニメを見る。

不只小孩，連成人都看卡通。

015 ～のみならず

意義 不僅～

連接 【常體】＋のみならず（例外：名詞、ナ形容詞不加「だ」，可加「である」）

例句 ■ 父のみならず、母までも私を信用してくれない。
父_{ちち}のみならず、母_{はは}までも私_{わたし}を信用_{しんよう}してくれない。
不只父親，連母親都不相信我。

■ 彼女_{かのじょ}は車_{くるま}の運転_{うんてん}のみならず、修理_{しゅうり}もできる。
她不只會開車，還會修車。

016 ～だけ / ～だけあって / ～だけに / ～だけの

意義 ①正因為～ ②正因為～更加～

連接 【名詞修飾形】＋だけ・だけあって・だけに・だけの
（例外：名詞不加「の」）

例句 ■ ここは一流_{いちりゅう}レストランだけあって、サービスがとてもいい。
正因為這裡是一流的餐廳，所以服務非常好。

■ 祖母_{そぼ}は年_{とし}をとっているだけに、風邪_{かぜ}を引_ひくと心配_{しんぱい}だ。
正因為祖母年紀大了，所以一感冒就更加擔心。

017 ～から～にかけて

意義 從～到～

連接 【名詞】＋から＋【名詞】＋にかけて

例句 ■ 夜中_{よなか}から明_あけ方_{がた}にかけて何回_{なんかい}か大_{おお}きな地震_{じしん}があった。
從半夜到天亮，發生了數次大地震。

■ 台風_{たいふう}は毎年夏_{まいとしなつ}から秋_{あき}にかけて台湾_{たいわん}を襲_{おそ}う。
颱風每年從夏天到秋天都會侵襲台灣。

018 ～さえ～ば / ～さえ～なら

意義 只要～就～

連接 【名詞】＋さえ＋【動詞假定形・イ形容詞假定形】/

【名詞】＋さえ＋【名詞・ナ形容詞】＋なら

例句 ■ 日本語は練習さえすれば、上手になる。

日文只要練習就會變厲害。

■ 体さえ丈夫なら、何でもできる。

只要身體健康，什麼都能做。

019 ～からこそ

意義 正因為～

連接 【常體】＋からこそ

例句 ■ あなただからこそ、話すのです。ほかの人には言わないでください。

因為是你，我才說。請不要跟其他人說。

■ 一生懸命勉強したからこそ、合格したのだ。

正因為拚命讀了書，所以才考上了。

020 ～てこそ

意義 ～才

連接 【動詞て形】＋こそ

例句 ■ 入院してこそ、健康の大切さがわかった。

住了院才了解健康的重要。

■ 出席してこそ、授業の意味がある。

出席才有修課的意義。

021　〜てまで / 〜までして

意義　甚至〜、連〜

連接　【動詞て形】＋まで・【名詞】＋までして

例句
- 親にうそをついてまで遊びに行った。

  甚至騙了父母出去玩。

- 体を壊すようなことまでしてダイエットはしたくない。

  我不想要減肥到弄壞身體。

022　〜きり

意義　①之後就一直〜　②只有〜

連接　①【動詞た形】＋きり　②【動詞辭書形・た形・名詞】＋きり

例句
- いつも1人きりで夕ご飯を食べる。

  總是只有一個人吃晚飯。

- 鈴木さんは2年前、アメリカへ行ったきり帰ってこない。

  鈴木先生二年前去了美國後，就一直沒有回來。

023　〜やら〜やら

意義　又〜又〜、〜等等

連接　【動詞辭書形・イ形容詞・名詞】＋やら

例句
- 泣くやら騒ぐやらで、とても困った。

  又哭又鬧，真是傷腦筋。

- 来週は試験やらレポートやらで忙しくなりそうだ。

  下個星期又要考試又要交報告，看來會變得很忙。

三　複合助詞

（一）「を〜」類 ◎MP3-37

024　〜を中心に（して）／〜を中心として

意義　以〜為中心

連接　【名詞】＋を中心に（して）・を中心として

例句　■ アジアを中心に、世界各国からの学生たちが集まってきた。

　　　以亞洲為中心，從世界各國來的學生聚在一起。

　　　■ 地球は太陽を中心として回っている。

　　　地球以太陽為中心轉動著。

025　〜を問わず

意義　不管〜、不問〜

連接　【名詞】＋を問わず

例句　■ この店は昼夜を問わず営業している。

　　　這間店不分晝夜都營業。

　　　■ 面接は年齢を問わず参加できる。

　　　不問年齡皆可參加面試。

026 ～をはじめ

意義 以～為首

連接 【名詞】＋をはじめ

例句 ■ 三井をはじめ、日本の商社が世界各地に進出している。

以三井為首，日本的商社擴張到世界各地。

■ 日本には京都をはじめ、いろいろな観光地がある。

在日本以京都為首，有各種的觀光區。

027 ～をもとに／～をもとにして

意義 以～為基礎

連接 【名詞】＋をもとに・をもとにして

例句 ■ この映画は実際にあった話をもとに作られた。

這部電影是依據實際發生的事情拍的。

■ 日本語の平仮名や片仮名は、漢字をもとにして作られた。

日文的平假名和片假名，是以漢字為基礎創造的。

028 ～をこめて

意義 含著～、充滿～

連接 【名詞】＋をこめて

例句 ■ 妻は愛情をこめてお弁当を作ってくれた。

妻子滿懷愛意為我做了便當。

■ 平和の祈りをこめて鶴を折った。

衷心祈求和平，而折了紙鶴。

129

029 ～を通じて / ～を通して

意義 ①經由、透過　②一直～

連接 【名詞】＋を通じて・を通して

例句 ■ 受付を通して申し込む。

透過櫃台申請。

■ この地方は１年を通してずっと温暖だ。

這個地區一年到頭都很暖和。

030 ～をめぐって

意義 圍繞著～、針對著～

連接 【名詞】＋をめぐって

例句 ■ 契約をめぐって、まだ討論が続いている。

針對契約，討論還在持續著。

■ ゴルフ場建設をめぐって、意見が２つに対立している。

圍繞在高爾夫球場的興建上，有二個意見對立著。

031 ～をきっかけに

意義 以～為契機

連接 【名詞】＋をきっかけに

例句 ■ 旅行をきっかけに、クラスのみんなが仲良くなった。

因為旅行這個機會，全班感情變好了。

■ フランスでの留学をきっかけに、料理を習い始めた。

因為在法國留學這個機會，開始學做菜。

第一單元 言語知識（文字・語彙）
單字整理 | 實力測驗 | 解答解析

第二單元 言語知識（文法）
文法分析 | 實力測驗 | 解答解析

第三單元 讀解
閱讀解析 | 實力測驗 | 解答解析

第四單元 聽解
題型整理 | 實力測驗 | 解答解析

032 ～を契機に

意義 以～為契機

連接 【名詞】＋を契機に

例句
■ 明治維新を契機に、日本は近代国家になった。

以明治維新為契機，日本成了現代化國家。

■ 中国出張を契機に、本格的に中国語の勉強を始めた。

去中國出差的機會下，正式開始學中文。

033 ～を～として

意義 把～當作～

連接 【名詞】＋を＋【名詞】＋として

例句
■ 田中さんを先生として、日本語の勉強を始めた。

把田中先生當作老師，開始學日文。

■ 日本政治の研究を目的として、留学した。

以研究日本政治為目的而留學。

（二）「に～」類 ◎MP3-38

034 ～において / ～における

意義 在～、於～

連接 【名詞】＋において・における

例句 ■ 鈴木さんの結婚式は有名なホテルにおいて行われます。

鈴木先生的婚禮在知名飯店舉行。

■ 病院における携帯電話の使用は禁止されている。

禁止在醫院裡使用行動電話。

035 ～に応じて

意義 依～

連接 【名詞】＋に応じて

例句 ■ 規則に応じて処理する。

依規定處理。

■ お客の予算に応じて、料理を用意します。

依客人的預算準備菜色。

036 ～に代わって

意義 代替、不是～而是～

連接 【名詞】＋に代わって

例句 ■ 社長に代わって、私がごあいさつさせていただきます。

請讓我代替社長，跟大家打聲招呼。

■ 将来、人間に代わって、ロボットが家事をやってくれるだろう。

未來機器人會取代人類，幫我們做家事吧！

037 ～に比べて

意義 比起～、和～相比

連接 【名詞】＋に比べて

例句
- 弟に比べて、兄は数学が得意だ。

  和弟弟相比，哥哥數學很拿手。

- 東京に比べて、大阪の方が物価が安い。

  和東京相比，大阪物價比較便宜。

038 ～に従って

意義 隨著～、遵從～

連接 【動詞辭書形・名詞】＋に従って

例句
- 南へ行くに従って、桜の花は早く咲く。

  隨著往南行，櫻花會愈早開。

- 係員の指示に従って、お入りください。

  請依工作人員的指示進入。

039 ～につれて

意義 隨著～

連接 【動詞辭書形・名詞】＋につれて

例句
- 山は高くなるにつれて、気温が下がる。

  隨著山愈高，氣溫就會降低。

- 年をとるにつれて、体力が衰える。

  隨著年齡增加，體力會衰退。

040 〜につき

意義　由於〜

連接　【名詞】＋につき

例句　■「本日は祭日につき、休業」

「今天由於是國定假日所以停業。」

　　　■「工事中につき立入禁止」

「施工中禁止進入。」

041 〜に伴って

意義　伴隨著〜

連接　【動詞辭書形・名詞】＋に伴って

例句　■ 気温の上昇に伴って、湿度も上がってきた。

隨著氣溫上升，濕度也提高了起來。

　　　■ 都市の拡大に伴って、様々な環境問題が生じた。

隨著都市的擴大，產生了各種環境問題。

042 〜に加えて

意義　不只〜、加上〜

連接　【名詞】＋に加えて

例句　■ ガス代に加えて、電気代も大きな割合を占めている。

不只是瓦斯費，電費也佔了很大的比率。

　　　■ 運動不足に加えて、睡眠時間もほとんどなく、病気になった。

運動不足，再加上幾乎沒有睡眠時間，所以生病了。

043 〜にこたえて

意義 回應〜

連接 【名詞】＋にこたえて

例句 ■ 社員の要求にこたえて、社員食堂を増設した。

回應員工的要求，增設了員工餐廳。

■ アンコールにこたえて、彼は再び舞台に姿を現した。

回應安可，他再次出現在舞台上。

044 〜に沿って

意義 按照〜、順著〜

連接 【名詞】＋に沿って

例句 ■ 線路に沿って、商店街が立ち並んでいる。

沿著鐵道，商店街林立。

■ 会社の方針に沿って、新しい計画を立てる。

依公司的政策，訂立新計畫。

045 〜に反して

意義 和〜相反

連接 【名詞】＋に反して

例句 ■ みんなの期待に反して、彼は試合に負けてしまった。

和大家的期待相反，他輸了比賽。

■ 専門家の予想に反して、円高傾向が続いている。

和專家的預測相反，日圓升值的趨勢持續著。

046 ～に基づいて

意義 基於～、以～為根據

連接 【名詞】＋に基づいて

例句
- アンケート結果に基づいて、この商品が開発された。

  根據問卷結果，開發了這項商品。

- この小説は実際に起きた事件に基づいて、書かれたものである。

  這本小說是根據實際發生的事件所寫的。

047 ～にわたって

意義 整個～、經過～

連接 【名詞】＋にわたって

例句
- 明日は関東地方の全域にわたって、雪が降ります。

  明天整個關東地區都會下雪。

- ３週間にわたったオリンピック大会は、今日で幕を閉じる。

  經過三星期的奧運，在今天就要閉幕了。

048 ～にあたって

意義 當～時候、於～

連接 【動詞辭書形・名詞】＋にあたって

例句
- 開会にあたって、会長から一言あいさつがあります。

  開會前，由會長來說句話。

- 試合に臨むにあたって、相手の弱点を研究しよう。

  即將比賽前，研究對手的弱點吧。

049 〜にかけては

意義 在〜方面

連接 【名詞】＋にかけては

例句
- 英語にかけては、田中君はいつもクラスで1番だ。

  在英文方面，田中同學總是在班上第一名。

- ダンスにかけては、彼の右に出る者はいない。

  舞蹈這方面，無人能出其右。

050 〜に際して

意義 當〜之際

連接 【動詞辭書形・名詞】＋に際して

例句
- 留学に際して、先生が励ましの言葉をくださった。

  留學之際，老師給了我鼓勵的話語。

- オリンピックの開催に際して、多くの施設が建てられた。

  籌備奧運之際，建設了許多設施。

051 〜に先立って

意義 在〜之前

連接 【動詞辭書形・名詞】＋に先立って

例句
- 論文作成に先立って、多くの資料を集める必要がある。

  寫論文前，需要蒐集許多資料。

- 工事開始に先立って、近所にあいさつをしなければならない。

  開始施工前，一定要跟附近打聲招呼。

052 ～につけ（て）

意義 ①每當～　②不論～還是～

連接 ①【動詞辭書形】＋につけて

②【動詞辭書形・イ形容詞・名詞】＋につけて

例句 ■ この歌を聞くにつけて、家族を思い出す。

　　　每當聽到這首歌，就會想起家人。

■ この野菜は茹でるにつけ、炒めるにつけ、とてもおいしい。

　　　這個蔬菜不論燙還是炒，都非常好吃。

（三）其他複合助詞 🎧MP3-39

053 ～とともに

意義	和～一起、隨著～

連接	【名詞】＋とともに

例句

■ 家族（かぞく）とともに、沖縄（おきなわ）でお正月（しょうがつ）を過（す）ごしたい。

想和家人一起在沖繩過年。

■ 経済（けいざい）の発展（はってん）とともに、国民（こくみん）の生活（せいかつ）は豊（ゆた）かになった。

隨著經濟發展，國民的生活變得富裕了。

054 ～はもとより

意義	當然、不用說～

連接	【名詞】＋はもとより

例句

■ 日本語（にほんご）の勉強（べんきょう）には、復習（ふくしゅう）はもとより予習（よしゅう）も大切（たいせつ）だ。

學日文，複習是當然的，預習也很重要。

■ この辺（あた）りは祭日（さいじつ）はもとより、平日（へいじつ）もにぎやかだ。

這一帶假日不用說，連平日也很熱鬧。

055 ～はともかく

意義	先不管～、姑且不論～

連接	【名詞】＋はともかく

例句

■ 合格（ごうかく）するかどうかはともかく、一応受験（いちおうじゅけん）してみよう。

先不管會不會考上，就先考考看吧！

■ この店（みせ）の料理（りょうり）は味（あじ）はともかく、値段（ねだん）は安（やす）い。

這家店的菜先不論味道，價格是很便宜。

四　接續用法 ◎MP3-40

056　～うえ（に）

意義　而且～、再加上～

連接　【名詞修飾形】＋うえ（に）

例句　■ この機械は使い方が簡単なうえに、軽い。

這台機器操作簡單，而且又輕巧。

■ 日本の夏は暑いうえに、湿気が高い。

日本的夏天很熱，而且溼度又很高。

057　～うえで

意義　①～之後　②表示重要的目的

連接　①【動詞た形・名詞の】＋うえで

②【動詞辭書形・名詞の】＋うえで

例句　■ 親と先生とよく相談したうえで、進路を決めます。

和父母及老師好好商量後，再決定未來要走的路。

■ 日本語が話せることは、就職するうえで大変有利だ。

會說日文在找工作上非常有利。

058 ～うえは

意義 既然～就～

連接 【動詞辭書形・た形】＋うえは

例句 ■ 約束<ruby>約束<rt>やくそく</rt></ruby>したうえは、<ruby>守<rt>まも</rt></ruby>らなければならない。

既然約定了，就一定要遵守。

■ やろうと<ruby>決心<rt>けっしん</rt></ruby>したうえは、<ruby>全力<rt>ぜんりょく</rt></ruby>を<ruby>尽<rt>つ</rt></ruby>くすだけだ。

既然決心要做，就只有盡全力了。

059 ～上<ruby>上<rt>じょう</rt></ruby>

意義 在～上

連接 【名詞】＋上<ruby>上<rt>じょう</rt></ruby>

例句 ■ <ruby>立場<rt>たちばじょう</rt></ruby>上、その<ruby>質問<rt>しつもん</rt></ruby>には<ruby>答<rt>こた</rt></ruby>えられません。

立場上，無法回答那個問題。

■ あの2人<ruby>2人<rt>ふたり</rt></ruby>の<ruby>関係<rt>かんけい</rt></ruby>は<ruby>表面<rt>ひょうめんじょう</rt></ruby>上、<ruby>何<rt>なに</rt></ruby>も<ruby>変<rt>か</rt></ruby>わらないように<ruby>見<rt>み</rt></ruby>える。

那二個人的關係，表面上看起來沒有任何改變。

060 ～のもとで／～のもとに

意義 在～之下

連接 【名詞】＋のもとで・のもとに

例句 ■ <ruby>鈴木<rt>すずき</rt></ruby><ruby>先生<rt>せんせい</rt></ruby>のご<ruby>指導<rt>しどう</rt></ruby>のもとで、<ruby>卒業論文<rt>そつぎょうろんぶん</rt></ruby>を<ruby>書<rt>か</rt></ruby>き<ruby>上<rt>あ</rt></ruby>げた。

在鈴木老師的指導之下，完成了畢業論文。

■ <ruby>子供<rt>こども</rt></ruby>は<ruby>親<rt>おや</rt></ruby>の<ruby>保護<rt>ほご</rt></ruby>のもとに、<ruby>成長<rt>せいちょう</rt></ruby>していく。

小孩在父母的保護之下成長。

061 ～というと ／ ～といえば

意義 說到～

連接 【名詞】＋というと・といえば

例句 ■ 夏のスポーツといえば、やっぱり水泳ですね。

說到夏天的運動，還是游泳呀！

■ 仙台というと、花火がきれいでしょう。

說到仙台，煙火很漂亮吧！

062 ～といっても

意義 就算～、雖說

連接 【常體】＋といっても

例句 ■ 日本で暮らしたことがあるといっても、実は2ヵ月だけなんです。

雖說曾經在日本生活過，但其實只有二個月。

■ 昼ご飯を食べたといっても、サンドイッチだけなんです。

雖說吃過午飯了，不過只是三明治而已。

063 ～というより

意義 與其說是～不如說是～

連接 【常體】＋というより（名詞、ナ形容詞的「だ」常省略）

例句 ■ 暖房が効きすぎて、暖かいというより暑い。

暖氣開太強了，與其說是暖和，還不如說很熱。

■ この辺はにぎやかというより、うるさいくらいだ。

這一帶與其說是熱鬧，還不如說是吵鬧。

064 ～といったら

意義 說到～真是令人～

連接 【名詞】＋といったら

例句 ■ その時のうれしさといったら、口では言い表せないほどだった。

　　　 說到當時的喜悅，幾乎是無法用言語表達呀！

　　　 ■ 試合で負けた悔しさといったら、今でも忘れられない。

　　　 說到在比賽落敗的悔恨，到現在也忘不了。

065 ～としたら

意義 如果～

連接 【常體】＋としたら

例句 ■ もし日本に行くとしたら、どこがいいでしょうか。

　　　 如果要去日本，哪裡好呢？

　　　 ■ もしここに100万円あるとしたら、どうしますか。

　　　 如果這裡有一百萬日圓的話，會怎麼做？

066 ～にしたら ／ ～にすれば

意義 以～立場

連接 【名詞】＋にしたら・にすれば

例句 ■ 医者にしたら、「タバコをやめる」というのは当然でしょう。

　　　 以醫生的立場，「戒菸」是當然的吧！

　　　 ■ 生徒にすれば、宿題は少ないほどいいだろう。

　　　 以學生的立場，作業愈少愈好吧！

---

067 〜にしては

| 意義 | 以〜而言，卻〜 |

連接　【常體】＋にしては（例外：名詞及ナ形容詞不加「だ」）

例句 ■ 彼は野球選手にしては、体が弱そうだ。

以棒球選手而言，他身體看來弱了點。

■ 彼女は日本に10年もいたにしては、日本語が下手だ。

以在日本待了有十年來看，她日文很糟。

---

068 〜にしろ〜にしろ / 〜にせよ〜にせよ

意義　無論〜還是〜

連接　【常體】＋にしろ・にせよ＋【常體】＋にしろ・にせよ

（例外：名詞及ナ形容詞不加「だ」，可加上「である」）

例句 ■ メールにしろ電話にしろ、早く連絡したほうがいい。

無論電子郵件還是電話，早點聯絡比較好。

■ 妻にせよ子供にせよ、彼の気持ちを理解しようとはしていない。

無論是妻子還是小孩，都不想瞭解他的想法。

---

069 〜て以来

意義　自從〜之後

連接　【動詞て形】＋以来

例句 ■ 4月に入社して以来、1日も休んだことがない。

自從四月進公司以來，一天也沒休息過。

■ 卒業して以来、彼には1度も会っていない。

畢業之後，和他一次也沒見過面。

070 ～てはじめて

意義 ～之後，才～

連接 【動詞て形】＋はじめて

例句
■ 彼女と別れてはじめて、彼女のよさを知った。

和女朋友分手之後，才了解她的好。

■ 自分でやってはじめて、スポーツのおもしろさがわかる。

親身嘗試之後，才會了解運動的有趣。

071 ～てからでないと／～てからでなければ

意義 不先～就不行～

連接 【動詞て形】＋からでないと・からでなければ

例句
■ 宿題が済んでからでないと、テレビを見てはいけない。

不先完成作業，就不可以看電視。

■ 実際に使ってからでなければ、よいかどうか言えない。

不實際使用，無法說好不好。

072 ～際に（は）

意義 ～之際、在～時候

連接 【動詞辭書形・た形・名詞の】＋際に（は）

例句
■ 非常の際に、エレベーターは使わないでください。

緊急時，請不要使用電梯。

■ 彼は帰国の際に、本をプレゼントしてくれた。

他回國時送了我書。

073 ～最中に

意義	正當～的時候
連接	【動詞ている形・名詞の】＋最中に
例句	■ 試合の最中に、雨が降り出した。

正在比賽時，下起了雨。

■ 宴会の最中に、停電した。

正在宴會時，停電了。

074 ～あげく

意義	～結果、最後～
連接	【動詞た形・名詞の】＋あげく
例句	■ いろいろ悩んだあげく、結局何もしなかった。

左思右想，最後什麼都沒做。

■ とても苦労したあげく、ついに病気になった。

非常辛苦到最後，終於生病了。

075 ～末に

意義	～結果、～之後
連接	【動詞た形・名詞の】＋末に
例句	■ 何度も2級の試験を受けた末に、ついに合格した。

考了好幾次二級的考試之後，終於考過了。

■ あちこちのスーパーを回った末に、ようやくほしいものを手に入れた。

跑遍了好幾家超市，終於買到了想要的東西。

076 ～次第（しだい）

意義　一～就～

連接　【動詞ます形・名詞】＋次第（しだい）

例句　■ 準備（じゅんび）が整（ととの）い次第（しだい）、出発（しゅっぱつ）しましょう。

　　　準備一完成，就出發吧！

　　　■ 落（お）し物（もの）が見（み）つかり次第（しだい）、お知（し）らせします。

　　　一找到失物，馬上通知您。

077 ～たとたん（に）

意義　一～就～

連接　【動詞た形】＋とたん（に）

例句　■ 家（いえ）を出（で）たとたん、雨（あめ）が降（ふ）ってきた。

　　　一出門就下起雨來。

　　　■ 点火（てんか）したとたんに、爆発（ばくはつ）した。

　　　一點火就爆炸了。

078 ～かと思（おも）うと／～かと思（おも）ったら

意義　一～就～

連接　【動詞た形】＋かと思（おも）うと・かと思（おも）ったら

例句　■ ベルが鳴（な）ったかと思（おも）うと、教室（きょうしつ）を飛（と）び出（だ）していった。

　　　鐘聲一響，就衝出教室。

　　　■ 家（いえ）に着（つ）いたかと思（おも）ったら、もうテレビの前（まえ）に座（すわ）っている。

　　　一到家，就已經坐在電視前。

---

079 ～か～ないかのうちに

意義　一～就～

連接　【動詞辭書形・た形】＋か＋【動詞ない形】＋かのうちに

例句　■ ベルが鳴ったか鳴らないかのうちに、教室を飛び出していった。
　　　鐘聲一響，就衝出教室。

　　　■ お休みと言ったか言わないかのうちに、もう眠ってしまった。
　　　才剛說晚安，就已經睡著了。

---

080 ～（よ）うか～まいか

意義　要不要～

連接　【動詞意向形】＋か＋【動詞まい形】＋か

例句　■ 夏休みに国へ帰ろうか帰るまいか、考えています。
　　　正在思考暑假要不要回國。

　　　■ 参加しようかすまいか、悩んでいます。
　　　正在煩惱要不要參加。

---

081 ～一方（で）

意義　一方面～另一方面～

連接　【名詞修飾形】＋一方（で）

例句　■ 子供は厳しく叱る一方で、褒めてやることも忘れてはいけない。
　　　嚴厲的責罵小孩，另一方面也不可以忘了稱讚。

　　　■ この仕事は午前中は非常に忙しい一方、午後は暇になる。
　　　這份工作上午非常忙碌，但另一方面下午會很閒。

082 ～反面 / ～半面

意義 另一面～

連接 【名詞修飾形】＋反面・半面（例外：名詞加「である」）

例句 ■ あの先生はやさしい反面、厳しいところもある。

那位老師很溫柔，另一面卻也有很嚴厲的地方。

■ この薬はよく利く反面、副作用が強い。

這個藥很有效，另一方面副作用也很強。

083 ～かわりに

意義 ①不做～而做～　②以～代替

連接 【名詞修飾形】＋かわりに

例句 ■ 映画を見に行くかわりに、うちでビデオを見る。

不去看電影，而在家看錄影帶。

■ 田中さんに日本語を教えてもらうかわりに、彼に中国語を教えてあげた。

請田中先生教我日文，而我教他中文。

084 ～わりに（は）

意義 出乎意料～、卻～

連接 【名詞修飾形】＋わりに（は）

例句 ■ 太郎君は勉強しないわりには成績がいい。

太郎同學都不讀書，成績卻很好。

■ 年のわりに、若く見える。

年紀不小，看起來卻很年輕。

149

085 ～ぬきで / ～ぬきに / ～ぬきの

意義 去除～

連接 【名詞】＋ぬきで・ぬきに・ぬきの

例句 ■ 最近、朝食ぬきで学校に行く小学生が多いらしい。

最近不吃早飯就去上學的小學生好像很多。

■ 料金はサービス料ぬきで約2万円です。

費用扣掉服務費約二萬日圓。

086 ～ついでに

意義 順便～

連接 【動詞辭書形・動詞た形・名詞の】＋ついでに

例句 ■ スーパーへ行ったついでに、郵便局に寄って手紙を出してきた。

去超市，順路到郵局寄個信。

■ 大阪へ行くついでに、神戸を回ってみたい。

去大阪，順便想逛逛神戶。

087 ～つつ

意義 ①一邊～一邊～　②雖然～但是～

連接 【動詞ます形】＋つつ

例句 ■ 窓から外の景色を眺めつつ、お酒を飲む。

一邊從窗子眺望外面的風景，一邊喝著酒。

■ 悪いと知りつつ、試験で人の答えを見てしまった。

雖然知道不好，但考試中還是看了別人的答案。

088 ～ながら

意義 雖然～但是～

連接 【動詞ます形・イ形容詞・ナ形容詞・名詞】＋ながら

例句 ■ 毎日運動をしていながら、全然やせない。

儘管每天都做運動，但完全沒有變瘦。

■ このカメラは小型ながら、性能はよい。

這個相機雖然是小型的，但性能很好。

089 ～くせに

意義 明明～卻～

連接 【名詞修飾形】＋くせに

例句 ■ 下手なくせに、やりたがる。

明明做得不好，卻很想做。

■ 知っているくせに、知らないふりをしている。

明明知道，卻裝作不知道。

090 ～にもかかわらず

意義 儘管～但是～

連接 【常體】＋にもかかわらず

（例外：名詞、ナ形容詞不加「だ」，可加「である」）

例句 ■ 努力したにもかかわらず、失敗した。

儘管努力了，還是失敗了。

■ 次郎さんは若いにもかかわらず、しっかりしている。

次郎先生儘管很年輕，但卻很可靠。

091 〜にかかわらず／〜にかかわりなく

意義 不管〜

連接 【動詞辭書形・ない形・名詞】＋にかかわらず・にかかわりなく

例句 ■ サッカーの試合は天候にかかわりなく、行われる。

足球比賽不管天候如何，都會舉行。

■ 留学するしないにかかわらず、日本語能力試験は必要だ。

不管留不留學，日語能力測驗都是必須的。

092 〜もかまわず

意義 不管〜、不在乎〜

連接 【名詞】＋もかまわず

例句 ■ 彼女は人目もかまわず、泣き出した。

她不管其他人的眼光，哭了出來。

■ 太郎は服がぬれるのもかまわず、雨の中を走り続けた。

太郎不管會淋濕衣服，繼續在雨中奔跑。

093 〜に限らず

意義 不只〜

連接 【名詞】＋に限らず

例句 ■ 子供に限らず、大人もマンガを読む。

不僅小孩，連成人都看漫畫。

■ 日本に限らず、どこの国でも環境問題が深刻になっている。

不只日本，不管哪個國家環境問題都很嚴重。

094	～からして

意義 ①從～來看　②光從～就～

連接 【名詞】＋からして

例句 ■ タイでは、食べ物からして私には合わない。

在泰國，光食物就不適合我。

■ 彼女は着る物からして、人と違う。

她從穿著來看就與眾不同。

095	～からすると／～からすれば

意義 以～立場考量的話

連接 【名詞】＋からすると・からすれば

例句 ■ 現場の状況からすると、犯人は窓から逃げたようだ。

從現場狀況來看，犯人好像是從窗戶逃走的。

■ 親からすれば、子供はいくつになっても子供だ。

以父母的立場，小孩不管到了幾歲都還是小孩。

096	～から見ると／～から見れば／～から見て

意義 從～點來觀察

連接 【名詞】＋から見ると・から見れば・から見て

例句 ■ 現場の状況から見ると、泥棒はこの窓から入ったと思われる。

從現場狀況來看，推斷小偷是從這個窗戶進來的。

■ 彼の表情から見れば、交渉はうまくいかなかったようだ。

從他的表情來看，交涉好像不順利。

097 〜からいうと / 〜からいえば / 〜からいって

意義 從〜點判斷的話

連接 【名詞】＋からいうと・からいえば・からいって

例句 ■ うちの経済状況からいえば、海外留学なんて不可能だ。

從家裡的經濟狀況來看，到國外留學是不可能的。

■ あの人の性格からいって、そんなことで納得するはずがない。

以那個人的個性來說，不可能接受那種事。

098 〜からといって

意義 雖說〜

連接 【常體】＋からといって

例句 ■ 疲れたからといって、休むわけにはいかない。

雖說很累，但卻不能休息。

■ おいしいからといって、同じものばかり食べてはいけない。

雖說很好吃，但也不可以一直吃一樣的東西。

099 〜からには / 〜からは

意義 既然〜就〜

連接 【常體】＋からには・からは

（例外：名詞、ナ形容詞要加「である」）

例句 ■ 試合に出るからには、優勝したい。

既然要出賽，就想得冠軍。

■ 約束したからは、守らなければならない。

既然約定了，就一定要遵守。

100 ～以上 / ～以上は

意義 既然～

連接 【名詞修飾形】＋以上・以上は（例外：名詞要加「である」）

例句 ■ 入学する以上、卒業したいです。

既然要入學，我就想畢業。

■ 決定した以上は、変更しません。

既然決定了，我就不會改變。

101 ～あまり

意義 太～、過於～

連接 【動詞辭書形・た形・ナ形容詞な・名詞の】＋あまり

例句 ■ 感激のあまり、泣き出してしまった。

太過感動，哭了出來。

■ 働きすぎたあまり、倒れてしまった。

工作過度，倒下了。

102 ～かぎり

意義 ①只要～　②盡量～

連接 【動詞辭書形・ナ形容詞な・イ形容詞・名詞の / である】＋かぎり

例句 ■ 体が丈夫なかぎり、働きたい。

只要身體健康，我就想工作。

■ 明日の試験は力のかぎり、頑張ってみよう。

明天的考試盡力加油吧！

103 ～向き

意義 適合～

連接 【名詞】＋向き

例句 ■ これは子供向きの絵本である。

這是適合小孩子的畫冊。

■ この料理はやわらかくて、お年寄り向きだ。

這道菜很軟，很適合老年人。

104 ～向け

意義 以～為對象

連接 【名詞】＋向け

例句 ■ これは2級の受験者向けに書かれた文法書です。

這是以二級考生為對象所寫的文法書。

■ この本は学生向けだが、一般の人が読んでもおもしろい。

這本書雖然是給學生看的，但一般人來讀也很有意思。

105 ～ことは～が

意義 基本上～但是～

連接 【名詞修飾形】＋ことは＋【名詞修飾形】＋が

例句 ■ 日本語はわかることはわかるが、会話には自信がない。

日文懂是懂，但是會話沒有自信。

■ この部屋は駅に近いことは近いですが、狭すぎます。

這個房間離車站近是近，但是太小了。

106 〜かのように

意義 好像〜一樣

連接 【常體】＋かのように

例句

■ ３月なのに、冬かのように寒い。

明明三月了，卻好像冬天一樣地冷。

■ あの人はあらかじめ知っていたかのように、平然としていた。

那個人好像一開始就知道一樣，很平靜。

五　句尾用法 ◎MP3-41

107　～てしかたがない／～てしようがない／～てしょうがない

意義　非常～（表示情感、感覺、困擾的狀態）

連接　【各詞類て形】＋しかたがない・しようがない・しょうがない

例句　■ ノートパソコンがほしくてしかたがない。

　　　非常想要筆記型電腦。

　　　■ 何<ruby>何<rt>なに</rt></ruby>もすることがなくて、今日<ruby>今日<rt>きょう</rt></ruby>は暇<ruby>暇<rt>ひま</rt></ruby>でしょうがない。

　　　沒事做，今天閒得不得了。

108　～てたまらない

意義　非常～（強調難以忍受）

連接　【各詞類て形】＋たまらない

例句　■ 試験<ruby>試験<rt>しけん</rt></ruby>の結果<ruby>結果<rt>けっか</rt></ruby>が心配<ruby>心配<rt>しんぱい</rt></ruby>でたまらない。

　　　非常擔心考試的結果。

　　　■ 国<ruby>国<rt>くに</rt></ruby>に帰<ruby>帰<rt>かえ</rt></ruby>りたくてたまらない。

　　　非常想回國。

109　～てならない

意義　非常～

連接　【各詞類て形】＋ならない

例句　■ もう１点<ruby>点<rt>いってん</rt></ruby>で合格<ruby>合格<rt>ごうかく</rt></ruby>したかと思<ruby>思<rt>おも</rt></ruby>うと、悔<ruby>悔<rt>くや</rt></ruby>しくてならない。

　　　一想到再一分就合格了，就非常懊惱。

　　　■ 夜遅<ruby>夜遅<rt>よるおそ</rt></ruby>くなっても息子<ruby>息子<rt>むすこ</rt></ruby>が帰<ruby>帰<rt>かえ</rt></ruby>ってこないので、母親<ruby>母親<rt>ははおや</rt></ruby>は心配<ruby>心配<rt>しんぱい</rt></ruby>でならない。

　　　因為到深夜兒子都還沒回來，母親擔心得不得了。

110 ～ていられない

意義　不能一直～

連接　【動詞て形】＋いられない

例句　■ もう待っていられないから、先に行こう。

不能一直等下去，所以我們先走吧！

■ もう黙っていられない。

已經不能再沉默下去了。

111 ～てばかりはいられない

意義　不能一直～（比「～ていられない」更強烈）

連接　【動詞て形】＋ばかりはいられない

例句　■ 体の調子は悪いが、仕事を休んでばかりはいられない。

雖然身體不舒服，但是也不能一直請假。

■ 不合格だったからといって、悲しんでばかりはいられない。

雖說落榜，但也不能一直難過。

112 ～ないではいられない ／ ～ずにはいられない

意義　不由得～、不得不～

連接　【動詞（ない）形】＋ないでいられない・ずにはいられない

例句　■ 田中さんの忙しさを見たら、手伝わないではいられない。

看到田中先生的忙碌，不由得幫了他。

■ おかしくて、笑わずにはいられなかった。

很滑稽，不由得笑了出來。

---

113 〜に限る

意義　①只有、僅限　②最好

連接　①【名詞】＋に限る　②【動詞辭書形・ない形・名詞】＋に限る

例句　■ この薬の使用は緊急の場合に限る。

這個藥品的使用，僅限於緊急情況。

■ 疲れた時は、お風呂に入って寝るに限る。

疲倦的時候，泡個澡睡覺最好。

---

114 〜にきまっている

意義　一定〜

連接　【常體】＋にきまっている（名詞、ナ形容詞常省略「だ」）

例句　■ あの人の話はうそにきまっている。

那個人的話一定是謊言。

■ 一流のレストランだから、高いにきまっている。

因為是一流的餐廳，所以一定很貴。

---

115 〜にほかならない

意義　正是〜、就是〜

連接　【名詞】＋にほかならない

例句　■ 彼女の成功は毎日の努力の結果にほかならない。

她的成功正是每天努力的結果。

■ 子どもに厳しくするのは、子どもに対する愛情にほかならない。

對小孩嚴厲，就是對小孩的愛。

116 ～にすぎない

意義 只不過～

連接 【常體】＋にすぎない

例句 ■ 彼の言うことは空想にすぎない。

他所說的，只不過是空想。

■ コンピューターは人間が作った機械にすぎない。

電腦不過是人類所生產的機器。

117 ～に相違ない

意義 一定～

連接 【常體】＋に相違ない（名詞、ナ形容詞常省略「だ」）

例句 ■ 留守中に家に来たのは、田中さんに相違ない。

不在家的時候來的，一定是田中先生。

■ この渋滞は、何か事故があったに相違ない。

這個塞車，一定是出了什麼事了。

118 ～に違いない

意義 一定～

連接 【常體】＋に違いない（名詞、ナ形容詞常省略「だ」）

例句 ■ 彼が犯人に違いない。

他一定是犯人。

■ 彼女の表情から見て、本当のことを知っているに違いない。

從她的表情來看，一定知道事實。

161

119 　〜まい

意義　①不會〜吧！　　②絕不〜

連接　【動詞辭書形】＋まい

例句　■ 鈴木さんは今度の旅行に参加するまい。

鈴木先生不會參加這次的旅行吧！

■ もうあの人とは二度と会うまい。

絕不會和那個人再見面。

120 　〜（よ）うではないか／〜（よ）うじゃないか

意義　來〜吧！

連接　【動詞意向形】＋ではないか・じゃないか

例句　■ ちょっと休憩しようじゃないか。

要不要稍微休息一下呀！

■ できるかどうか分からないが、とにかくやってみようではないか。

不知道做不做得到，總之先做做看吧！

121 　〜ようがない

意義　沒辦法〜

連接　【動詞ます形】＋ようがない

例句　■ このカメラはこんなにも壊れてしまったから、直しようがない。

這台相機壞成這樣，沒辦法修。

■ 電話番号が分からないので、あの人には連絡の取りようがない。

不知道電話號碼，所以無法和那個人取得聯繫。

122　〜っこない

意義　絕不〜

連接　【動詞ます形】＋っこない

例句　■ 私がどんなに悲しいか、あなたには分かりっこない。

我有多難過，你一定不會懂。

　　　　■ 田村さんはスポーツが嫌いらしいから、誘っても行きっこない。

田村先生好像討厭運動，所以就算約了他，也一定不會去。

123　〜ざるを得ない

意義　不能不〜

連接　【動詞（ない）形】＋ざるを得ない（する→せざるを得ない）

例句　■ 部長の命令だから、従わざるを得ない。

因為是部長的命令，所以只得遵從。

　　　　■ 彼女のためなら、その仕事を引き受けざるを得ない。

為了她的話，不得不接受那份工作。

124　〜ないことには〜ない

意義　不〜就不〜

連接　【動詞ない形】＋ことには＋【動詞ない形】

例句　■ 食べてみないことには、おいしいかどうか分からない。

不吃吃看，就不知道好不好吃。

　　　　■ 社長が来ないことには、会議が始められない。

社長不來，會議就無法開始。

125 ～おそれがある

意義 有可能～、恐怕～

連接 【動詞辭書形・名詞の】＋おそれがある

例句 ■ 台風 10 号は九州地方に上陸するおそれがある。

十號颱風恐怕會登陸九州地區。

■ 赤字が続くと、会社はつぶれるおそれがある。

赤字持續的話，公司恐怕會倒閉。

126 ～つつある

意義 正在～

連接 【動詞ます形】＋つつある

例句 ■ 患者は健康を回復しつつある。

患者持續恢復健康。

■ 自然が破壊されつつある。

自然正遭受破壞。

127 ～一方だ

意義 一直～、不斷～

連接 【動詞辭書形】＋一方だ

例句 ■ 祖母の病気は悪くなる一方だ。

祖母的病情不斷惡化。

■ 年を取るにつれて、悩みは増える一方だ。

隨著年紀的增長，煩惱不斷增加。

單字整理　實力測驗　解答解析

文法分析　實力測驗　解答解析　閱讀解析　實力測驗　解答解析　題型整理　實力測驗　解答解析

第一單元　言語知識（文字・語彙）

第二單元　言語知識（文法）

第三單元　讀解

第四單元　聽解

128	～ばかりだ

意義 不斷地～（表示狀況愈來愈糟）

連接 【動詞辭書形】＋ばかりだ

例句 ■ 状況は悪化するばかりだ。

　　狀況不斷惡化。

■ ごみの量は全然減らないで、増えるばかりだ。

　　垃圾量完全沒減少，不斷地增加。

129	～次第だ ／ ～次第で

意義 ①由於～　②說明原委

連接 ①【名詞】＋次第だ・次第で

　　②【名詞修飾形】＋次第だ・次第で

例句 ■ その件は私には無理だと思い、お断りした次第だ。

　　我覺得那件事辦不到，所以拒絕了。

■ そういう次第で、旅行には行けません。

　　就是這樣子，無法去旅行。

130	～とか

意義 聽說～

連接 【常體】＋とか

例句 ■ 明日から出張だとか。

　　聽說明天起要出差。

■ 新聞によると、九州はきのう大雨だったとか。

　　根據報紙，聽說九州昨天下大雨。

131 〜（さ）せていただきます

意義 我要〜、請讓我〜（客氣表達自己要做的行為）

連接 【動詞使役形（る）】+ていただきます

例句 ■ 自己紹介させていただきます。

　　請讓我來自我介紹。

■ 定休日ですから、休業させていただきます。

　　因為是公休日，所以停止營業。

六　形式名詞

（一）「もの」相關用法 ◎MP3-42

132 〜ものだ／〜もんだ

意義 ①〜啊（表示感嘆）　②要〜呀！（表示理所當然）

連接 ①【名詞修飾形】＋ものだ・もんだ

　　　②【動詞辭書形】＋ものだ・もんだ

例句 ■ 月日のたつのは早いものだ。

　　　時間過得很快啊！

　　　■ 子供は早く寝るもんだ。

　　　小孩就是要早睡呀！

133 〜ものではない／〜もんではない

意義 不要〜呀！（表示一般認為不恰當的行為）

連接 ①【名詞修飾形】＋ものではない・もんではない

　　　②【動詞辭書形】＋ものではない・もんではない

例句 ■ 無駄づかいをするものではないよ。

　　　不可以浪費喔！

　　　■ お年寄りにはそんな言葉を使うものではないよ。

　　　對年長者不應該說那種話喔！

---

134 〜ものか / 〜もんか

意義 絕不〜

連接 【名詞修飾形】＋ものか・もんか

例句 ■ あんな店には二度と行くものか。

那種店絕對不會再去！

■ そんなことあるもんか。

絕對不會有那種事！

---

135 〜ものがある

意義 感到〜

連接 【名詞修飾形】＋ものがある

例句 ■ 彼女の歌にはどこか人をひきつけるものがある。

覺得她的歌聲，有某種引人之處。

■ 親しい友人が帰国してしまって、寂しいものがある。

親近的友人回國了，感到寂寞。

---

136 〜ものだから / 〜もんだから

意義 因為〜

連接 【名詞修飾形】＋ものだから・もんだから

例句 ■ 日本は物価が高いものだから、生活が大変だ。

因為日本物價很高，所以生活很不容易。

■ あまりにおかしいもんだから、つい笑ってしまった。

因為太滑稽，所以不由得笑了出來。

---

137 **〜もの／〜もん**

意義 因為〜呀

連接 【常體】＋もの・もん

例句 ■ 「彼って嫌いよ。優しくないんだもの」

「他啊，很討厭呀！因為不溫柔。」

■ 「どうして食べないの？」「だって、きらいなんだもん」

「為什麼不吃呢？」「因為我討厭呀！」

---

138 **〜ものの**

意義 雖然〜但是〜

連接 【名詞修飾形】＋ものの

例句 ■ 気をつけていたものの、風邪を引いてしまった。

儘管一直很小心，但還是感冒了。

■ 大学は出たものの、仕事が見つからない。

大學畢業了，但找不到工作。

---

139 **〜ものなら／〜もんなら**

意義 要是〜的話

連接 【動詞辭書形】＋ものなら・もんなら

例句 ■ できるものなら、すぐにでも国へ帰りたい。

如果可以的話，我想馬上回國。

■ 行けるもんなら、行ってみたい。

如果可以去的話，我想去看看。

140 〜というものだ／〜というもんだ

意義 真是〜啊

連接 【常體】＋というものだ・というもんだ

（名詞、ナ形容詞常省略「だ」）

例句 ■ 1人でインドへ旅行するのは心細いというものだ。

隻身一人到印度旅行，真是非常不安啊！

■ この忙しいときに会社を休むなんて、自分勝手というもんだ。

這麼忙的時候還跟公司請假，真是自私啊！

141 〜というものではない／〜というもんではない

意義 未必〜、並非〜

連接 【常體】＋というものではない・というもんではない

例句 ■ 日本語は習っていれば話せるようになるというものではない。

就算學日語，未必就會說。

■ 安ければ安いほどよく売れるというものではない。

未必愈便宜賣得愈好。

（二）「こと」相關用法 ◎MP3-43

142　～ことだ

意義　應該～

連接　【動詞辭書形・ない形】＋ことだ

例句　■ この病気を治すには、薬を飲むことだ。

要治這個病，就應該要吃藥。

■ 日本語がうまくなりたければ、もっと勉強することだ。

如果想要日文變好，就應該多讀書。

143　～ことはない

意義　不需要～

連接　【動詞辭書形】＋ことはない

例句　■ 悲しむことはない。

不需要難過。

■ 君のせいじゃないから、謝ることはない。

不是你的錯，所以不需要道歉。

144　～ないことはない／～ないこともない

意義　並不是不～

連接　【動詞ない形】＋ことはない・こともない

例句　■ すぐ行けば、間に合わないこともない。

如果馬上走，也不是來不及。

■ その件は無理すればやれないこともないんですが……。

勉強一點的話，那件事也未必辦不成……。

145 ～ことか

意義 多麼～啊！

連接 【名詞修飾形】＋ことか

例句 ■ あの子に何度注意したことか。

提醒那孩子好幾次了啊！

■ この絵はなんと素晴らしいことか。

這幅畫多棒啊！

146 ～ことに（は）

意義 令人～的是～

連接 【動詞た形・イ形容詞・ナ形容詞な】＋ことに（は）

例句 ■ ありがたいことに、全員が無事だった。

慶幸的是，全員平安。

■ 残念なことに、今回の計画は中止しなくてはならなくなった。

令人遺憾的是，這次的計畫不得不停止。

147 ～ことなく

意義 不～、沒～

連接 【動詞辭書形】＋ことなく

例句 ■ 試験のため、休日も休むことなく勉強している。

為了考試，連假日都不休息，一直在讀書。

■ あきらめることなく、最後まで頑張ろう。

不放棄，努力到最後吧！

148 ～ことから

意義 從～來看

連接 【名詞修飾形】＋ことから

例句
■ 道<ruby>道<rt>みち</rt></ruby>がぬれていることから、雨<ruby>雨<rt>あめ</rt></ruby>が降<ruby>降<rt>ふ</rt></ruby>ったことがわかる。

從路上濕濕的來看，可知道下過雨。

■ 今年<ruby>今年<rt>ことし</rt></ruby>は雨<ruby>雨<rt>あめ</rt></ruby>がめったに降らないことから、夏<ruby>夏<rt>なつ</rt></ruby>の水不足<ruby>水不足<rt>みずぶそく</rt></ruby>が心配<ruby>心配<rt>しんぱい</rt></ruby>される。

從今年鮮少下雨來看，很擔心夏天會缺水。

149 ～ことだから

意義 因為是～

連接 【名詞の】＋ことだから

例句
■ 彼女<ruby>彼女<rt>かのじょ</rt></ruby>のことだから、時間<ruby>時間<rt>じかん</rt></ruby>どおり来<ruby>来<rt>く</rt></ruby>るだろう。

因為是她，所以會準時前來吧！

■ 親切<ruby>親切<rt>しんせつ</rt></ruby>な吉村<ruby>吉村<rt>よしむら</rt></ruby>さんのことだから、頼<ruby>頼<rt>たの</rt></ruby>めば教<ruby>教<rt>おし</rt></ruby>えてくれるよ。

因為是親切的吉村小姐，拜託她的話會告訴我們喔！

173

（三）「ところ」相關用法 ◉MP3-44

| 150 | ～ところだった |

意義 差一點～

連接 【動詞辭書形】＋ところだった

例句 ■ さっきもう少しで電車とホームの間に落ちるところだった。

剛剛差一點跌到電車和月台的縫隙間。

■ 仕事で失敗して、会社をクビになるところだった。

搞砸了工作，差一點被炒魷魚。

| 151 | ～ところに／～ところへ／～ところを |

意義 正當～時候

連接 【動詞辭書形・た形・ている形・イ形容詞】＋ところに・
ところへ・ところを

例句 ■ 授業が終わったところへ、田中君が慌てて入ってきた。

剛下課，田中同學才慌張地衝進教室。

■ お忙しいところを、お邪魔してすみません。

百忙之中打擾您很抱歉。

152 〜たところ

意義 之後〜、結果〜

連接 【動詞た形】＋ところ

例句
- 用事があって電話した<u>ところ</u>、留守だった。

  有事情打了電話，結果沒人在。

- 店の人に問い合わせてみた<u>ところ</u>、その辞書はもう売り切れだそうだ。

  詢問了店裡的人，結果聽說那本字典已經售完。

153 〜どころか

意義 哪只是〜，其實〜（別說是〜，連〜）

連接 【常體】＋どころか（名詞常省略「だ」）

例句
- 今日は忙しくて、食事<u>どころか</u>、トイレに行く時間もない。

  今天很忙，別說是吃飯，連上洗手間的時間都沒有。

- 話をする<u>どころか</u>、会ってもくれなかった。

  別說是講話，連見都不見我。

154 〜どころではない / 〜どころじゃない

意義 哪能〜

連接 【動詞辭書形・名詞】＋どころではない・どころじゃない

例句
- レポートがたくさんあって、映画を見ている<u>どころではない</u>。

  有很多報告，哪能看電影。

- お金がないから、旅行<u>どころじゃない</u>。

  因為沒錢，所以哪能旅行。

（四）「わけ」相關用法 ◎MP3-45

155 ～わけだ

意義　難怪～、當然～

連接　【名詞修飾形】＋わけだ

例句　■ アメリカに10年もいたのだから、英語が上手なわけだ。

因為在美國待了有十年，所以英文當然好。

　　　■ 熱が４０度もあるのだから、苦しいわけだ。

發燒到四十度，難怪會很痛苦。

156 ～わけではない / ～わけでもない / ～わけじゃない

意義　並非～

連接　【名詞修飾形】＋わけではない・わけでもない・わけじゃない

例句　■ にんじんを食べないからといって、嫌いなわけではない。

雖說我不吃紅蘿蔔，但也不是討厭。

　　　■ お酒はあまり好きではないが、ぜんぜん飲めないわけじゃない。

我不太喜歡酒，不過也不是完全不能喝。

157 ～わけがない / ～わけはない

意義　不可能～

連接　【名詞修飾形】＋わけがない・わけはない

例句　■ けちな田村さんのことだから、お金を貸してくれるわけがない。

因為是很小氣的田村先生，所以不可能會借我錢。

　　　■ 薬も飲まないで治るわけがない。

連藥都不吃，不可能會痊癒。

158 〜わけにはいかない

意義 不行〜、不能〜

連接 【動詞辭書形】＋わけにはいかない

例句
- 大事な会議があるので、熱があっても休むわけにはいかない。

  因為有重要的會議，所以就算發燒也不能休息。

- 仕事が忙しいので、帰るわけにはいかない。

  因為工作很忙，所以不能回家。

實力測驗

問題 I　次の文の（　　　）に入れるのに最もよいものを、1・2・3・4から一つ選びなさい。

（　）01　僕の会社はボーナスが出る（　　　）、今、倒産しそうなんだ。

　　　　1 どころか　　　　2 ばかりか　　　　3 ことなく　　　　4 ものなら

（　）02　彼女たちは、一人の男性を（　　　）争った。

　　　　1 かぎって　　　　2 こめて　　　　3 まわって　　　　4 めぐって

（　）03　円安が進むに（　　　）、海外からの観光客が多くなってきた。

　　　　1 とって　　　　2 つれて　　　　3 さいして　　　　4 いたって

（　）04　あんなにまじめな彼女が犯人だなんて、信じ（　　　）。

　　　　1 ずにはいられない　　　　　　2 ざるをえない
　　　　3 すぎないことだ　　　　　　　4 がたいことだ

（　）05　今朝、電車のドアに挟まれて、（　　　）。

　　　　1 痛いこともない　　　　　　　2 痛くてたまらない
　　　　3 痛いほかない　　　　　　　　4 痛さにすぎない

（　）06　オリンピックに出場する（　　　）、何が何でも金メダルをとりたい。

　　　　1 ためには　　　　2 わけには　　　　3 うえには　　　　4 からには

（　）07　彼は頭がよい（　　　）、実行力もあるからみんなに信頼されている。

　　　　1 した　　　　2 うえ　　　　3 なか　　　　4 より

（　）08　何もわざわざ社長が行く（　　　　）。電話で十分だ。

　　　　1 はずだ　　　　　2 べきだ　　　　　3 にちがいない　4 ことはない

（　）09　今まで育ててくれた両親に（　　　　）いられない。

　　　　1 感謝しては　　　　　　　　　　2 感謝せずには

　　　　3 感謝するわけには　　　　　　　4 感謝しなくては

（　）10　世界の安全と平和は日本の安全と平和（　　　　）。

　　　　1 わけにはいかない　　　　　　　2 ではいられない

　　　　3 になくてはならない　　　　　　4 にほかならない

問題II　次の文の＿＿★＿＿に入る最もよいものを、1・2・3・4から一
　　　　つ選びなさい。

（　）11　私の気持ちを ＿＿＿＿ ＿＿＿＿ ＿★＿ ＿＿＿＿ か、なか
なか決められない。

　　　　1 言おう　　　　　2 言うまい　　　　3 彼女に　　　　　4 か

（　）12　子供のころから成績の良かった彼女は、T大学に合格し
＿＿＿＿ ＿＿＿＿ ＿★＿ ＿＿＿＿ 学者になった。

　　　　1 期待に　　　　　2 親の　　　　　3 立派な　　　　　4 応えて

（　）13　仕事が大事だからといって、仕事 ＿＿＿＿ ＿＿＿＿ ＿＿＿＿ ＿★＿
＿＿＿＿ ではない。

　　　　1 していれば　　　2 さえ　　　　　3 というもの　　　4 いい

（　）14　祖父はぐあいが悪くても ＿＿＿＿ ＿＿＿＿ ＿★＿ ＿＿＿＿
行かない。

　　　　1 医者にも　　　　2 ばかりか　　　　3 薬を　　　　　4 飲まない

（　）15　余計な ＿＿＿＿　＿＿＿＿　★ ＿＿＿　＿＿＿＿　怒らせてしまっ
た。

1 ことを　　　　　2 言った　　　　3 彼女を　　　　4 ばかりに

問題Ⅲ　次の文章を読んで、文章全体の内容を考えて、16から20の
中に入る最もよいものを、1・2・3・4から一つ選びなさい。

　悩みが起きると、それを解消しようと、すぐに行動を起こすというク
セを持っている人があります。これは簡単な悩み16よい方法です。簡
単な悩みはグズグズと悩むより、行動して解消していく17でしょう。
しかし、悩みには簡単に解決するのは難しいものや、じっくり時間をか
けなければならないものもあります。たとえば、「今の仕事は自分には
合わない」という悩みを解消しようとして、すぐに転職を考え、行動
18移すのは、あまりいい方法19。へたをすると、転職を繰り返すばか
りで、自分に合った仕事は結局見つからない、ということにも20。行
動を起こすのは慎重にし、まずはじっくり時間をかけて考えてみること
も必要ではないでしょうか。

（吉良安之「悩み方にもクセがある」『こころの日曜日』による）

（　）16　1 かけ　　　　　2 には　　　　　3 さえ　　　　　4 こそ
（　）17　1 以来　　　　　2 以上　　　　　3 べき　　　　　4 きり
（　）18　1 に　　　　　　2 を　　　　　　3 で　　　　　　4 が
（　）19　1 どころではありません　　　　2 というわけではありません
　　　　　3 にほかなりません　　　　　　4 ではなさそうです
（　）20　1 当たりません　　　　　　　　2 なりかねません
　　　　　3 すぎません　　　　　　　　　4 限りません

解答

問題 I

01	02	03	04	05
1	4	2	4	2

06	07	08	09	10
4	2	4	2	4

問題 II

11	12	13	14	15
4	4	4	2	4

問題 III

16	17	18	19	20
2	3	1	4	2

第一單元　言語知識（文字・語彙）

單字整理　實力測驗　解答解析

第二單元　言語知識（文法）

文法分析　實力測驗　解答解析

第三單元　讀解

閱讀解析　實力測驗　解答解析

第四單元　聽解

題型整理　實力測驗　解答解析

中文翻譯及解析

問題1 次の文の（　　　）に入れるのに最もよいものを、1・2・3・4から一つ選びなさい。（請從1・2・3・4裡面選出一個放進下列句子的括弧中最好的答案。）

（　）01 僕の会社はボーナスが出る（　　　）、今、倒産しそうなんだ。

　　　1 どころか　　　2 ばかりか　　　3 ことなく　　　4 ものなら

中譯 我的公司不要說是年終了，現在都要倒閉了。

解析 本題測驗接續用法，選項1「～どころか」是「不要說～甚至還～」；選項2「～ばかりか」是「不只～還～」；選項3「～ことなく」是「不～、沒～」；選項4「～ものなら」是「如果可以～的話」。從前後文可判斷，正確答案為選項1。

（　）02 彼女たちは、一人の男性を（　　　）争った。

　　　　　1 かぎって　　　2 こめて　　　3 まわって　　　4 めぐって

中譯 她們圍繞爭奪著一個男性。

解析 本題測驗複合助詞，選項1的「～かぎって」前面通常會接「に」，意思成為「只要～」；選項2構成的「～をこめて」是「充滿～」的意思；選項3的「回る」雖然有「繞、轉」的意思，但並不會構成複合助詞，單純表示具體的繞、轉；選項4「～をめぐって」是「圍繞著～」。從前後文可判斷，正確答案為選項4。

（　）03　円安が進むに（　　　　）、海外からの観光客が多くなってきた。

1 とって　　　　2 つれて　　　　3 さいして　　　　4 いたって

中譯　隨著日圓貶值，從海外來的觀光客漸漸變多了。

解析　本題測驗複合助詞，選項1構成「～にとって」是「對於～」；選項2構成的「～につれて」是「隨著～」；選項3構成的「～に際して」是「在～之際」；選項4構成的「～に至って」是「直到～」。從前後文可判斷，正確答案為選項2。

（　）04　あんなにまじめな彼女が犯人だなんて、信じ（　　　　）。

1 ずにはいられない　　　　　　2 ざるをえない
3 すぎないことだ　　　　　　　4 がたいことだ

中譯　那麼老實的她居然是兇手，真是難以置信。

解析　本題測驗句尾用法，選項1「～ずにはいられない」是「不能不～」；選項2「～ざるをえない」是「不得不～」；選項3的「～すぎない」是「不超過～」；選項4的「～がたい」是「難以～」。從前面的「～なんて」（居然～）可判斷，正確答案為選項4。

（　）05　今朝、電車のドアに挟まれて、（　　　　）。

1 痛いこともない　　　　　　　2 痛くてたまらない
3 痛いほかない　　　　　　　　4 痛さにすぎない

中譯　今天早上被電車的車門夾到，痛得不得了。

解析　本題測驗句尾用法，選項1「～こともない」是「不需要～」；選項2「～てたまらない」是「非常～」；選項3「～ほかない」是「只好～」；選項4「～にすぎない」是「只不過～」。從前後文可判斷，正確答案為選項2。

183

（　）06　オリンピックに出場（しゅつじょう）する（　　　　）、何（なに）が何（なん）でも金（きん）メダルを
とりたい。

　　　　1 ためには　　　2 わけには　　　3 うえには　　　<u>4 からには</u>

中譯　既然參加奧運，無論如何就是想拿到金牌。

解析　本題測驗接續用法，選項1的「～ために」是「因為」；選項2「～わけに
は」無接續功能；選項3的「～うえに」是「而且」；選項4「～からに
は」是「既然」。從前後文可判斷，正確答案為選項4。

（　）07　彼（かれ）は頭（あたま）がよい（　　　　）、実行力（じっこうりょく）もあるからみんなに信頼（しんらい）さ
れている。

　　　　1 した　　　　　<u>2 うえ</u>　　　　　3 なか　　　　　4 より

中譯　他很聰明、而且又有執行力，所以很受大家信賴。

解析　本題測驗接續用法，此時的「うえ」用來補充和前面同性質的內容，常翻
譯為「而且」。其他選項則都無接續功能，也無法構成有意義的句子。正
確答案為選項2。

（　）08　何（なに）もわざわざ社長（しゃちょう）が行（い）く（　　　　）。電話（でんわ）で十分（じゅうぶん）だ。

　　　　1 はずだ　　　　2 べきだ　　　　3 にちがいない　<u>4 ことはない</u>

中譯　一點都不需要總經理特地前往。打電話就夠了。

解析　本題測驗句尾用法，選項1「～はずだ」是表示推測的「應該會～」；選
項2「～べきだ」是表示強烈意見的「應該要～」；選項3「～にちがいな
い」是表示極為肯定的「一定～」；選項4「～ことはない」是表示不用
作到某個程度的「不需要」。從前後文可判斷，正確答案為選項4。

（　）09　今まで育ててくれた両親に（　　　　）いられない。

1 感謝しては　　　　　　　　　2 感謝せずには

3 感謝するわけには　　　　　　4 感謝しなくては

中譯　不能不感謝養育我至今的雙親。

解析　本題測驗句尾用法，選項1會構成「〜てはいられない」，意思是「不能一直〜」；選項2會構成「〜ずにはいられない」是「不能不〜」；選項3的「わけには」以及選項4的「なくては」加上「いられない」之後無法構成有意義的詞句。正確答案為選項2。

（　）10　世界の安全と平和は日本の安全と平和（　　　　）。

1 わけにはいかない　　　　　　2 ではいられない

3 になくてはならない　　　　　4 にほかならない

中譯　世界的安全與和平就是日本的安全與和平。

解析　本題測驗句尾用法，選項1「〜わけにはいかない」是「不能〜」；選項2「〜ではいられない」是「不能一直〜」；選項3裡的「〜なくてはならない」是「不能沒有〜」，但加上「に」則無法構成有意義的詞句；選項4「〜にほかならない」是「正是〜、就是〜」。正確答案為選項4。

問題 II　次の文の＿＿★＿＿に入る最もよいものを、1・2・3・4から一つ選びなさい。（請從1・2・3・4裡面選出一個放進下列句子的＿＿★＿＿中最好的答案。）

（　）11　私の気持ちを ＿＿＿＿ ＿＿＿＿ ＿★＿ ＿＿＿＿ か、なかなか決められない。

　　　　1 言おう　　　　2 言うまい　　　3 彼女に　　　　4 か

中譯 要不要告訴她我的心意，實在難以決定。

解析 從選項1「言おう」、選項2「言うまい」這兩個意向形肯定及意向形否定用法同時出現，應該可以知道測驗的是「～（よ）うか～まいか」（要不要～）這個句型。空格之後出現了「か」，因此最後一格應該是「言うまい」，「言おう」和「か」則依序出現在第二、第三格，最後剩下的「彼女に」則放在第一格。四個選項依序為3142，正確答案為選項4，構成的句子是「私の気持ちを彼女に 言おう か 言うまいか、なかなか決められない。」。

（　）12　子供のころから成績の良かった彼女は、Ｔ大学に合格し ＿＿＿＿ ＿＿＿＿ ＿★＿ ＿＿＿＿ 学者になった。

　　　　1 期待に　　　　2 親の　　　　3 立派な　　　　4 応えて

中譯 從小就成績很好的她，考上Ｔ大學，回應了父母的期待，成為了一個傑出的學者。

解析 選項4「応えて」的前面應該要有「に」才能構成句型「～に応えて」（回應～）所以前面要接選項1「期待に」。選項2「親の」有「の」，所以後面要接的是選項1「期待に」。選項3「立派な」有「な」，所以應該放在最後一格修飾「学者」。四個選項依序為2143，正確答案為選項4，構成的句子是「子供のころから成績の良かった彼女は、Ｔ大学に合格し 親の 期待に 応えて 立派な学者になった。」。

（　）13　仕事が大事だからといって、仕事 ＿＿＿ ＿＿＿ ★ ＿＿＿ ではない。

　　　　　1 していれば　　2 さえ　　　　3 というもの　　<u>4 いい</u>

中譯　雖說工作很重要，但也不是只要工作就好呀！

解析　從四個選項及句尾應該可以知道會使用到了「～さえ～ば」（只要～的話）、「～というものではない」（不是～呀）兩個句型。選項2「さえ」後面要接選項1「していれば」，放在前兩格。選項3「というもの」則要放在最後連接句尾的「ではない」。剩下的選項4「いい」則放第三格。四個選項依序為2143，正確答案為選項4，構成的句子是「仕事が大事だからといって、仕事さえ していれば いい というものではない。」。

（　）14　祖父はぐあいが悪くても ＿＿＿ ＿＿＿ ★ ＿＿＿ 行かない。

　　　　　1 医者にも　　　<u>2 ばかりか</u>　　3 薬を　　　　4 飲まない

中譯　祖父不管身體多不舒服，不只不吃藥，也不去看醫生。

解析　「～ばかりか」是「不只～甚至還～」的意思，因此要判斷「不看醫生」和「不吃藥」要誰先誰後。不過此時的判斷不是靠衛教常識，而是句尾的「行かない」。既然「行かない」出現在最後，「不看醫生」應該就要在後面，「不吃藥」則在「ばかりか」之前。四個選項依序為3421，正確答案為選項2，構成的句子是「祖父はぐあいが悪くても薬を 飲まない ばかりか 医者にも行かない。」。

（　）15 余計な ＿＿＿ ＿＿＿ ★ ＿＿＿ 怒らせてしまった。

1 ことを　　　2 言った　　　3 彼女を　　　　4 ばかりに

中譯 就是因為多管閒事，所以讓她生氣了。

解析 「～ばかりに」用來表示某個不好的原因造成的不好的結果，常翻譯為「就是因為～」，選項1「ことを」、選項3「彼女を」的最後都是助詞，因此選項4「ばかりに」之前應該是選項2「言った」。而選項1「ことを」適合成為選項2「言った」的受詞，所以會在前面出現。選項3「彼女を」則是適合成為使役動詞「怒らせて」的受詞，所以應該在最後一格。四個選項依序為1243，正確答案為選項4，構成的句子是「余計なことを言った ばかりに 彼女を怒らせてしまった。」。

問題Ⅲ 次の文章を読んで、文章全体の内容を考えて、[16]から[20]の中に入る最もよいものを、1・2・3・4から一つ選びなさい。（請在閱讀下列文章後，從1・2・3・4裡面選出一個放進（[16]）到（[20]）最好的答案。）

悩みが起きると、それを解消しようと、すぐに行動を起こすというクセを持っている人があります。これは簡単な悩み[16]よい方法です。簡単な悩みはグズグズと悩むより、行動して解消していく[17]でしょう。しかし、悩みには簡単に解決するのは難しいものや、じっくり時間をかけなければならないものもあります。たとえば、「今の仕事は自分には合わない」という悩みを解消しようとして、すぐに転職を考え、行動[18]移すのは、あまりいい方法[19]。へたをすると、転職を繰り返すばかりで、自分に合った仕事は結局見つからない、ということにも[20]。行動を起こすのは慎重にし、まずはじっくり時間をかけて考えてみることも必要ではないでしょうか。

（吉良安之「悩み方にもクセがある」『こころの日曜日』による）

中譯

煩惱一出現，就會想要採取行動消除煩惱，有些人會有這種習慣。這對於簡單的煩惱是個好辦法。與其不斷地煩惱，簡單的煩惱應該要採取行動消除。但是煩惱中有不容易輕鬆解決的和一定要好好花時間解決的。例如想要消除「現在的工作和自己不合」這種煩惱，結果立刻考慮換工作且付諸行動，這看起來不是個好辦法。一個不小心就會不斷換工作，也有可能最後還是沒找到適合自己的工作。要付諸行動要慎重，首先也需要好好地花時間想想不是嗎？

（出處為吉良安之『心靈的星期天』的「煩惱也有習慣」）

( ) 16　　1 かけ　　　　　2 には　　　　　3 さえ　　　　　4 こそ

解析　名詞和形容詞之間的助詞如果不是基本的「は」或「が」，第三個選擇通常是可以用來表示目的或對象的「に」，例如這裡的「（簡単な）悩みによい（方法）」就能表達「對煩惱來說很好」，再把前後單字都加進去就構成了「對簡單的煩惱很好的方法」。選項2「には」的「は」則有主題化的功能，並不會影響到「に」的功能。正確答案為選項2。

( ) 17　　1 以来　　　　　2 以上　　　　　3 べき　　　　　4 きり

解析　若是句子前半部出現了表示比較的助詞「より」（比起～）時，後面常會有「～ほうがいい」（～比較好）。本句後面雖然沒有「～ほうがいい」，但是卻有表示強烈意見的「べき」（應該～），能達到和「～ほうがいい」類似的效果。正確答案為選項3。

( ) 18　　1 に　　　　　　2 を　　　　　　3 で　　　　　　4 が

解析　本題測驗基本助詞，「移す」雖然是他動詞，但前面的「行動」並非受詞，而應該是「移す」的歸著點，因此加上助詞「に」最恰當。正確答案為選項1。

( ) 19　　1 どころではありません　　　　2 というわけではありません
　　　　　3 にほかなりません　　　　　　4 ではなさそうです

解析　四個選項使用到的句型各為「～どころではない」（沒空～）、「～わけではない」（並非～）、「～にほかならない」（正是～）、「～なさそう」（看起來不～）。前三個選項都是N2句型，不過這裡使用較基本的表示樣態的「～なさそう」較恰當。正確答案為選項4。

（　）20　1 当たりません　　　　　　2 なりかねません
　　　　　3 すぎません　　　　　　　4 限りません

解析　四個選項有可能構成的句型是「〜に当たらない」（不需要〜）、「〜か
　　　ねない」（有可能〜）、「〜にすぎない」（只不過〜）、「〜に限らな
　　　い」（不只〜）。其中的「〜に当たらない」是N1句型，雖然在現在的
　　　程度無法判斷意義，不過若能在其他選項中找到確定的答案，就可不用在
　　　意。選項2「なりかねません」是在「〜かねない」之前加上表示變化的
　　　「なる」，意思是「有可能會變成〜」，符合這裡的說法。正確答案為選
　　　項2。

メ　モ

讀　解

讀解準備要領

　　新日檢N2的「讀解」分為五大題。第一大題為短篇（約200字）閱讀測驗；第二大題為中篇（約500字）閱讀測驗；第三大題稱為「統合理解」，通常會有三篇相關的短篇文章（合計約600字），要考生對照、比較；第四大題則是長篇（約900字）閱讀測驗；第五大題是「情報檢索」，會出現廣告、傳單、手冊之類的內容（約700字），考生必須從中找出需要的資訊來作答。

　　新日檢N2讀解的準備要領有以下四點：

　　1. 全文精讀

　　N2讀解第一、第二大題屬於「內容理解」題型，所以必須全文精讀才能掌握。

　　2. 部分精讀

　　N2讀解第三大題屬於「統合理解」題型，考生要迅速的掌握重點、比較其異同，所以部分精讀即可。

　　3. 全文略讀

　　N2讀解第四大題屬於「主張理解」題型，通常為論說文，最長、也最難，但考生只要全文略讀，找出作者的「主張」即可。

　　4. 部分略讀

　　最後「情報檢索」題型，考生只要從題目看一下需要的資訊是什麼，再從資料中找出來即可，所以部分略讀就可以了。

文章閲讀解析

一　本文

愛用の時計

　K氏は週末の旅行に出かけるため、用意をととのえていた。服のポケットのなかでは、ラジオが天気予報を告げていた。

〈あすは、よいお天気でしょう……〉

　楽しげに口笛を吹きながら、K氏はハンカチを出し、腕時計を軽くぬぐった。これは彼のいつもの癖だった。

　癖とはいうものの、頭をかくとか耳をつまむとかいう、意味もない動作とはちがっていた。彼はその時計を大切にしていたのだ。大げさな形容をすれば、愛していたともいえる。

　K氏がこれを買ってから、五年ほどになる。デパートの時計売場のそばを通ったとき、ガラスのケースのなかに並べられた、たくさんの時計の一つがキラリと光った。ちょうど、女の子にウインクされたような気がした。また、

「あたしを買ってくれない……」

　と、やさしく、ささやきかけられたようにも思えた。古代の異国の金貨が、文字盤になっている。たまたま、入社してはじめてのボーナスをもらった日だった。

「よし。買うことにしよう」

　彼は思わずこうつぶやいた。それ以来、時計はずっと、K氏とともにいる。

第一單元　言語知識（文字・語彙）

單字整理　實力測驗　解答解析

第二單元　言語知識（文法）

文法分析　實力測驗　解答解析

第三單元　讀解

閱讀解析　實力測驗　解答解析

第四單元　聽解

題型整理　實力測驗　解答解析

　　K氏は、からだの一部ででもあるかのように扱った。彼はまだ若く、自分では定期的な健康診断などを受ける気にはならなかったが、時計のほうは定期的に検査に出した。別なのを使うその数日は、彼にとって、たまらなくさびしい日だった。

　　しかし、そのため、狂ったりすることはまったくなかった。進みすぎもせず、おくれもせず、正確な時刻を、忠実に知らせつづけてきたのだ。

　　その時、ラジオが時報の音をたてた。K氏は首をかしげた。

「おかしいぞ、時報が狂うとは」

　　彼にとって、時計のほうを疑うのは、考えられないことだった。だが、ダイヤルをまわし、ほかの局を調べ、時報が正しいのを知って、あわてた。

　　もはや、切符を買っておいたバスの、発車時刻にまにあわなくなっている。彼は時計に文句を言った。

「おい。なんということをしてくれたのだ。これだけ大切に扱ってやっているのに」

　　しかし、どうしようもなかった。K氏は旅行を中止し、散歩にでかけた。そして、ついでに時計店に立ち寄った。

「変なんだ。おくれはじめた。せっかくの週末が、ふいになってしまった」

「しかし、このあいだ検査をしたばかりですが……」

　　と、時計店の主人は受けとり、機械をのぞきこんでいたが、ふしぎそうな声で答えた。

「変ですね。どこにも故障なんかないようです」

「そんなはずはない」

　　そのとき、ポケットに入れっぱなしになっていたラジオが、ニュースをしゃべった、

〈観光シーズンです。S山へ行くバスが……〉

　それを聞きながら、K氏は主張した。

「おかげで、このバスに乗りそこなったのだ。たしかに、この時計はどうかしている」

　しかし、ニュースはそのさきをこう告げていた。

〈……事故のため、谷へ転落して……〉

（星新一『ボッコちゃん』による）

質問：

Q1. 「おかげで、このバスに乗りそこなったのだ」とあるが、なぜか。

A：

Q2. K氏は本当は時計に感謝すべきか。それとも、怒るべきか。

A：

二　解析

愛用の時計
愛用的手錶

第一段

> Ｋ氏は週末の旅行に出かけるため、用意をととのえていた。服の
> ポケットのなかでは、ラジオが天気予報を告げていた。
>
> 〈あすは、よいお天気でしょう……〉
>
> 楽しげに口笛を吹きながら、Ｋ氏はハンカチを出し、腕時計を
> 軽くぬぐった。これは彼のいつもの癖だった。
>
> 癖とはいうものの、頭をかくとか耳をつまむとかいう、意味も
> ない動作とはちがっていた。彼はその時計を大切にしていたのだ。
> 大げさな形容をすれば、愛していたともいえる。

中譯

　　Ｋ先生為了週末的外出旅遊，正在做準備。衣服的口袋裡，收音機預報著天氣。

　　〈明天會是好天氣吧……〉

　　開心地吹著口哨，Ｋ先生拿出手帕，輕輕地擦拭了手錶。這是他平時的習慣。

　　雖然叫做習慣，不過卻和抓頭、捏耳朵這些無意義的動作不同。他是很珍惜那隻錶。如果做誇張點的形容，也可以說是愛著它。

單字

ととのえる（整^{ととの}える）：整理、準備

告^つげる：告訴、通知　　　　　　口笛^{くちぶえ}：口哨

ぬぐう（拭^{ぬぐ}う）：擦、消除　　　大^{おお}げさ：誇張

句型

「～げ」：表示樣態，是「看起來～」的意思。

「～ものの」：逆態接續，表示「雖然～但是～」。

第二段

　　K氏がこれを買ってから、五年ほどになる。デパートの時計売場のそばを通ったとき、ガラスのケースのなかに並べられた、たくさんの時計の一つがキラリと光った。ちょうど、女の子にウインクされたような気がした。また、

「あたしを買ってくれない……」

　　と、やさしく、ささやきかけられたようにも思えた。古代の異国の金貨が、文字盤になっている。たまたま、入社してはじめてのボーナスをもらった日だった。

「よし。買うことにしよう」

　　彼は思わずこうつぶやいた。それ以来、時計はずっと、K氏とともにいる。

中譯

　　K先生買下它，已經五年左右了。經過百貨公司的鐘錶專櫃旁時，排在玻璃櫥窗裡的許多隻手錶中的一隻發出閃光。覺得好像剛好被女孩子拋了媚眼。而且，

　　「要不要把我買下來呀……」

　　甚至還覺得好像被溫柔地輕聲呼喚。錶面像是古代外國的金幣。剛好是進公司後領到第一筆獎金的日子。

　　「好！那就決定買吧！」

　　他不自覺地如此喃喃自語。在那之後，那隻手錶一直和K先生在一起。

單字

ウインク：拋媚眼

ささやく（囁く）：耳語、小聲說話

金貨（きんか）：金幣

文字盤（もじばん）：字盤、錶面

つぶやく（呟く）（つぶや）：嘀咕、自言自語

第一單元　言語知識（文字・語彙）
單字整理｜實力測驗｜解答解析

第二單元　言語知識（文法）
文法分析｜實力測驗｜解答解析

第三單元　讀解
閱讀解析｜實力測驗｜解答解析

第四單元　聽解
題型整理｜實力測驗｜解答解析

第三段

K氏は、からだの一部ででもあるかのように 扱った。彼はまだ若く、自分では定期的な健康診断などを受ける気にはならなかったが、時計のほうは定期的に検査に出した。別なのを使うその数日は、彼にとって、たまらなくさびしい日だった。

しかし、そのため、狂ったりすることはまったくなかった。進みすぎもせず、おくれもせず、正確な時刻を、忠実に知らせつづけてきたのだ。

その時、ラジオが時報の音をたてた。K氏は首をかしげた。

「おかしいぞ、時報が狂うとは」

彼にとって、時計のほうを疑うのは、考えられないことだった。だが、ダイヤルをまわし、ほかの局を調べ、時報が正しいのを知って、あわてた。

中譯

K先生就像身體的一部分對待這隻它。他還年輕，還不會想到自己要接受定期健康檢查等，不過手錶倒是會定期送去檢查。使用其他手錶的那幾天，對他來說，是難以忍受的寂寞日子。

但是，因為如此，手錶完全沒有不準過。不會太快，也不會太慢，一直忠實地報出正確的時刻。

就在那時候，收音機發出報時的聲音。K先生歪了一下頭。

「好奇怪呀！報時居然不準」。

對他來說，懷疑手錶，是難以想像的。但是，轉了一下刻度盤，查一下其他電台，知道剛剛的報時是正確的，他慌了。

單字

扱う：處理、對待　　　　　　　かしげる（傾げる）：傾斜、歪

句型

「～かのように」：如同、好像。

「～せず」：「～しないで」（不～）的文言說法。

「～とは」：居然～。

「～にとって」：對～來說。

第四段

もはや、切符を買っておいたバスの、発車時刻にまにあわなくなっている。彼は時計に文句を言った。

「おい。なんということをしてくれたのだ。これだけ大切に扱ってやっているのに」

しかし、どうしようもなかった。Ｋ氏は旅行を中止し、散歩にでかけた。そして、ついでに時計店に立ち寄った。

「変なんだ。おくれはじめた。せっかくの週末が、ふいになってしまった」

「しかし、このあいだ検査をしたばかりですが……」

と、時計店の主人は受けとり、機械をのぞきこんでいたが、ふしぎそうな声で答えた。

「変ですね。どこにも故障なんかないようです」

「そんなはずはない」

中譯

已經趕不上事先買了票的巴士的發車時間了。他對手錶抱怨。

「喂！看你幹了什麼好事！虧我這麼愛護你。」

但是，沒辦法了。K先生取消了旅行，出門散步。然後，順便到鐘錶店去。

「真的很奇怪。開始慢了。好不容易的週末，都泡湯了。」

「可是，前陣子才剛檢查過呀……」

鐘錶店的老闆接過來，仔細檢查了機械，用不可思議的聲音回答了。

「是很奇怪。好像哪兒都沒問題。」

「不可能！」

單字

もはや：已經

ふい：無效、泡湯

のぞきこむ：仔細看

文句（もんく）：抱怨

受（う）けとる：接、收

句型

「～ようもない」：沒辦法～。

「ついでに～」：順便～。

「～はずはない」：不可能～。

第五段

そのとき、ポケットに入れっぱなしになっていたラジオが、
ニュースをしゃべった、

〈観光シーズンです。S山へ行くバスが……〉

それを聞きながら、K氏は主張した。

「おかげで、このバスに乗りそこなったのだ。たしかに、この時計
はどうかしている」

しかし、ニュースはそのさきをこう告げていた。

〈……事故のため、谷へ転落して……〉

（星新一『ボッコちゃん』による）

中譯

就在那個時候，一直放在口袋裡的收音機，報了新聞。

〈現在是觀光旺季。開往S山的巴士……〉

聽著那則新聞，K先生表示。

「多虧它，我沒搭上這班巴士。的確，這隻手錶一定有什麼問題。」

但是，新聞接下來這麼播報之後發生的事了。

〈……因為事故，墜落山谷……〉

（出處為星新一『人造美女』）

單字

シーズン：季節、旺季

そのさき：接著、繼續

句型

「～っぱなし」：放著不管。

「～おかげで」：「託～的福」，此處為諷刺用法。

「～そこなう」：損害、錯過機會。

質問（しつもん）：

Q1. 「おかげで、このバスに乗（の）りそこなったのだ」とあるが、なぜか。

文中提到「多虧它，我才沒搭上巴士」，這句話是為什麼呢？

A： 時計（とけい）の遅（おく）れのせいで、バスの時刻（じこく）に間（ま）に合（あ）わなかったから。

因為手錶慢了，所以趕不上巴士的時間。

Q2. Ｋ氏（ケーし）は本当（ほんとう）は時計（とけい）に感謝（かんしゃ）すべきか。それとも、怒（おこ）るべきか。

Ｋ先生其實應該感謝手錶，還是應該生氣呢？

A： 感謝（かんしゃ）すべきだ。

應該感謝。

實力測驗

問題 I

　　日本では土地の値段が高いので、家を買うのは大変です。家を買って
も、お金を一度に払うのは無理です。20年、30年のローンで毎月給料の
中から払っていきます。

　　東京では一戸建ての家は一億以上になりますから、普通のサラリーマ
ンにはとても買えません。このため、家が都心からだんだん遠くなり、
通勤に片道2時間以上かかる人も多くなりました。

　　（「日本事情」プロジェクト『話そう考えよう初級日本事情』による）

問1　「通勤に片道2時間以上かかる人も多くなりました」という理由
　　は、何だと考えられるか。

　　1. ローンを払いたくないから。

　　2. 都心に住みたくないから。

　　3. 都心の家は高くて住めないから。

　　4. 一戸建てに住みたくないから。

問題Ⅱ

　日本語教育の現場では、学習者から授業が終わった後に「お疲れさまでした」と言われたことのない先生のほうが少ないのではないでしょうか。「お疲れさまでした」だけでなく、「ご苦労さまでした」と言われたことがある先生も多いようです。

　これらの表現について、学生から「ご苦労さま」と言われた場合の印象を周りの先生方に聞いてみると「何となく違和感がある」が多かったのですが、「何とも思わない」という人もいました。（　①　）、サラリーマンに、部下に「ご苦労さま」と言われた印象も尋ねてみました。（　②　）、「うれしい」「嫌な気がする」「何となく違和感がある」「何とも思わない」などさまざまな反応がありました。（　③　）、サラリーマンも教師も、「ご苦労さま」なら違和感があっても、「お疲れさま」なら違和感を感じないという人が増えているようです。

（アルク編集部編『外国人がよくきく日本語・日本事情Q&A』による）

問2　（　①　）に入る最も適当な言葉はどれか。

　　1. そこで

　　2. すると

　　3. しかし

　　4. だから

問3 （ ② ）に入る最も適当な言葉はどれか。

　　1. そこで

　　2. すると

　　3. しかし

　　4. だから

問4 （ ③ ）に入る最も適当な言葉はどれか。

　　1. そこで

　　2. すると

　　3. しかし

　　4. だから

問題Ⅲ

　明治維新以来、わが国は西洋の文化を次々にとりいれて、ヨーロッパの国々の文化水準に近づこうと努力をしました。それは、二百年前も鎖国を続けている間に、世界のようすがすっかり変わってしまい、①このままでは日本は独立国としてたつことができないと考えたからです。しかし、一度に何もかも西洋と同じになることはできないので、せめて形だけでも同じにしたいと考え、政治や経済のしくみはもちろん、文化の上でも西洋文化をやたらにとりいれました。ですから、そこにはいきすぎもあり、また日本風と西洋風のまじった奇妙な姿も出て来ました。（ ② ）、それは「日本橋の文明開化」などといわれたように、都会だけのもので、いなかでは昔と同じ生活様式がいぜんとして残っていました。

このようなわけで、新しい文化が全国にまで広まり、また日本の古い文化にとけこんで、借りるものでなく、本当の日本の新しい文化が生まれるためには、さらに何十かの年月が必要でした。

（学研『学習百科大事典』による）

問5　「①このままでは」とは、どういうことか。

　　1. 西洋の文化を取り入れていること

　　2. 鎖国を続けていること

　　3. 世界のようすが変わっていること

　　4. ヨーロッパの国々の文化水準に近づこうとしていること

問6　（　②　）に入る最も適当な言葉はどれか。

　　1. そこで

　　2. すると

　　3. しかし

　　4. しかも

問題IV

　コンピューターによって代表されるような、機械による認識ということがよくいわれる。（　①　）、コンピューター自身は人間のような高度の認識はしない。そこでは、外界からの情報をすべてデジタルなものに置きかえた結果を処理しているだけである。図形認識のような簡単な

ことさえ、現在のコンピューターにとってはたいへんな仕事である。人間の脳の働きのメカニズムにも、たしかにデジタル化された情報の処理という部分があり、②その重要性は否定できないが、人間の認識はもっと違った側面をもっていることを忘れてはならない。

　人間と機械との関係という課題をまえにして、物質文明に対する精神文化の立ち遅れを指摘する人が多い。（　①　）、物質と精神を単なるアンチテーゼとしてとらえるのでは、問題の解決の糸口は見いだされないであろう。人間が現実に「情報」として扱っているものは、一方では物質・エネルギーと別なものではなく、他方では精神的なものと離すことができない関係にある。精神の働きのメカニズムが物質の立場から徐々に解明されつつあるということ自体、精神文化の発達と別なことではない。物質も精神も独り歩きはしていないというところに、文化・文明といわれるものの成立、発展があるわけである。

（湯川秀樹『心ゆたかに』による）

問7　（　①　）に入る最も適当な言葉はどれか。

　　1. しかし　　　　　2. さて

　　3. なぜなら　　　　4. そこで

問8　「②その重要性」とは何の重要性か。

　　1. 人間の脳の重要性

　　2. コンピューターの重要性

　　3. 情報処理の重要性

　　4. デジタル化の重要性

問題Ⅴ

　「ありがとうございます」と「ありがとうございました」は、聞き手の行為に対して話し手が感謝していることを表す表現です。フランス語と中国語で同じ意味を表す表現は、それぞれ"Merci"と「謝謝」で、どちらについても、日本語のように異なった時制を用いることはできません。英語は"Thank you."でthankは動詞ですが、この表現は主語のない慣用句的なものですから、やはり"Thanked you."のように過去形を用いる表現はあり得ません。

　一方、日本語には同じ意味を表す表現に非過去形と過去形の対立が可能なのですから、やはりそこには意味の違いが生じてくると考えるのが適当だろうと思います。例えば、これから車で駅まで送っていってくれると相手が申し出ている場合には、「ありがとうございます」と言うのが適切ですし、家族が入院中に、主治医や看護婦に対して、日常の治療や看護へのお礼を言う場合にも「ありがとうございます」を使うのが普通です。他方で、車で駅まで送ってくれて、車を降りるときには「ありがとうございました」であって「ありがとうございます」と言うことはありませんし、退院するときに医者や看護婦に感謝の気持ちを伝えるのならば、やはり「ありがとうございました」と言うのが適切です。

　このような例から判断するならば、話し手が感謝する対象となる事柄が、未来に起きる場合、もしくは過去から現在を経て未来にまで継続する場合には、「ありがとうございます」という非過去形を用いるのが適切であり、感謝の対象である事柄が、現在よりも前に完了しているならば、「ありがとうございました」という過去形を用いるのが適切だということになると考えられます。

　（　①　）、会合に出席した人たちに対して感謝する場合には、「本日はおいでくださり、ありがとうございます」とも「本日はおいでくだ

さり、ありがとうございました」とも言うことができそうです。「会合に来る」という行為はすでに発話時点よりも前に完了しているのですから「ありがとうございました」という過去形が適切であるはずです。（ ② ）、会合に来た結果必然的に生じる「会合の場所にいる」という事柄は発話時点においても継続していて、会合に来たことに感謝するのであれば、その結果として生じる事柄にも感謝の気持ちを持つのは当然です。このことから、「ありがとうございます」でも適切だと判断されるのだと考えることができます。

（アルク編集部編『外国人がよくきく日本語・日本事情Q&A』による）

問9 日本語と英語で感謝を表す表現の違いについて、筆者はどう考えているか。

　　1. 英語では慣用句的であるが、日本語では時制の対立である。

　　2. 英語には過去形がないから、過去形を用いる表現はあり得ない。

　　3. 日本人は礼儀正しくて、細かく分けている。

　　4. 日本語には同じ意味を表す表現で、非過去形と過去形が対立しなければならない。

問10 出席者に感謝する場合には、両方とも言えそうだと考えるのはなぜか。

　　1. 感謝の気持ちを表そうと思うから。

　　2. 会合に出席した人を大切にしているから。

　　3. 「会合に来る」という行為の完了でも「会合の場所にいる」という事柄の継続でも適切だから。

　　4. 「本日」はまだ終わっていないから。

問11 これから車で駅まで送っていってくれると相手が申し出ている場合と、退院するときに医者や看護婦に感謝の気持ちを伝える場合は、何と言うか。

    1.「ありがとうございます」と言う。

    2.「ありがとうございました」と言う。

    3. 前者は「ありがとうございます」と言うが、後者は「ありがとうございました」と言う。

    4. 前者は「ありがとうございました」と言うが、後者は「ありがとうございます」と言う。

問12　（　①　）に入る最も適当な言葉はどれか。

    1. しかし

    2. ただし

    3. すると

    4. そこで

問13　（　②　）に入る最も適当な言葉はどれか。

    1. しかし

    2. ただし

    3. すると

    4. そこで

解答

| 問題 I | 問1 3 |

| 問題 II | 問2 1　　問3 2　　問4 3 |

| 問題 III | 問5 2　　問6 4 |

| 問題 IV | 問7 1　　問8 4 |

| 問題 V | 問9 1　　問10 3　　問11 3　　問12 2 |
| | 問13 1 |

中文翻譯及解析

問題１

> 日本では土地の値段が高いので、家を買うのは大変です。家を買って
> も、お金を一度に払うのは無理です。２０年、３０年のローンで毎月給料の
> 中から払っていきます。
> 　東京では一戸建ての家は一億以上になりますから、普通のサラリーマン
> にはとても買えません。このため、家が都心からだんだん遠くなり、通勤
> に片道2時間以上かかる人も多くなりました。
> 　　　　　（「日本事情」プロジェクト『話そう考えよう初級日本事情』による）

中譯　在日本，因為地價很貴，所以要買房子很不容易。就算買了房子，也不可
能一次付清。要貸款二、三十年，從每個月的薪水中付。
在東京，獨棟的房子房價超過一億日圓，所以一般的上班族實在買不起。
因此，房子漸漸地離市中心愈來愈遠，單程花兩個小時以上通勤的人也變
多了。

　　　　　（出處為「日本現勢」企劃部之『說說想想初級日本現勢』）

單字　ローン：貸款　　　　　　　　一戸建て：獨棟的房子
　　　都心：東京市中心　　　　　　片道：單程

217

問1 「通勤に片道2時間以上かかる人も多くなりました」という理由は、何だと考えられるか。

「單程花二個小時以上通勤的人也變多了」的理由為何？

1. ローンを払いたくないから。

因為不想付房貸。

2. 都心に住みたくないから。

因為不想住市中心。

3. 都心の家は高くて住めないから。

因為市中心的房價很高住不起。

4. 一戸建てに住みたくないから。

因為不想住獨棟的房子。

問題 II

日本語教育の現場では、学習者から授業が終わった後に「お疲れさまでした」と言われたことのない先生のほうが少ないのではないでしょうか。「お疲れさまでした」だけでなく、「ご苦労さまでした」と言われたことがある先生も多いようです。

中譯 在日本語教育的現場，下課後，沒有被學生說過「お疲れさまでした」（辛苦了）的老師應該很少吧！不只「お疲れさまでした」，被說「ご苦労さまでした」（辛苦了）的老師好像也很多。

　これらの表現について、学生から「ご苦労さま」と言われた場合の印象を周りの先生方に聞いてみると「何となく違和感がある」が多かったのですが、「何とも思わない」という人もいました。（　①　）、サラリーマンに、部下に「ご苦労さま」と言われた印象も尋ねてみました。

（　②　）、「うれしい」「嫌な気がする」「何となく違和感がある」「何とも思わない」などさまざまな反応がありました。（　③　）、サラリーマンも教師も、「ご苦労さま」なら違和感があっても、「お疲れさま」なら違和感を感じないという人が増えているようです。

（アルク編集部編『外国人がよくきく日本語・日本事情Q&A』による）

中譯　關於這些表達，試著問問身邊老師們被學生說過「ご苦労さま」的印象，很多都有「總覺得怪怪的」的感覺，但是也有「沒感覺」的人。於是，試著問一下上班族被部下說過「ご苦労さま」的印象。結果，有「高興」、「覺得討厭」、「總覺得怪怪的」、「沒感覺」等各種反應。但是，無論上班族或是老師，若是「ご苦労さま」的話，都有不自然的感覺，可是「お疲れさま」的話，不覺得不自然的人好像增加中。

（出處為ARUKU編輯部編輯的『外國人常問的日文及日本文化之原委Q&A』）

單字　違和感：不自然、不調和

219

問2 （ ① ）に入る最も適当な言葉はどれか。

.填入（①）最適合的字是哪一個呢？

1. そこで

　　於是

2. すると

　　結果

3. しかし

　　但是

4. だから

　　所以

問3 （ ② ）に入る最も適当な言葉はどれか。

填入（②）最適合的字是哪一個呢？

1. そこで

　　於是

2. すると

　　結果

3. しかし

　　但是

4. だから

　　所以

問4　（　③　）に入る最も適当な言葉はどれか。

填入（③）最適合的字是哪一個呢？

1. そこで

   於是

2. すると

   結果

3. しかし

   但是

4. だから

   所以

第一單元　言語知識（文字・語彙）

單字整理｜實力測驗｜解答解析

第二單元　言語知識（文法）

文法分析｜實力測驗｜解答解析

第三單元　讀解

閱讀解析｜實力測驗｜解答解析

第四單元　聽解

題型整理｜實力測驗｜解答解析

めい じ い しん い らい　　　　　　　くに　せいよう　ぶん か　つぎつぎ
明治維新以来、わが国は西洋の文化を次々に とりいれて、ヨーロッパの

くにぐに　ぶん か すいじゅん　ちか　　　　　　　ど りょく　　　　　　　　に ひゃくねんまえ　さ こく
国々の文化水準に 近づこう と努力をしました。それは、二百年前も鎖国を

つづ　　　　　　あいだ　　　せ かい　　　　　　　　　　　　　　　か
続けている間に、世界のようすがすっかり変わってしまい、①このままでは

に ほん　どくりつこく
日本は独立国 として たつことができないと考えたからです。

中譯　明治維新以來，我國不斷採納西洋文化，努力想要接近歐洲各國的文化水
　　　準。那是因為在兩百多年前持續鎖國時，世界的樣子完全改變，覺得如果
　　　繼續這樣的話，日本會無法作為一個獨立國家立足於世界。

単字　とりいれる：吸取、採用　　　　　　ちか
　　　　　　　　　　　　　　　　　　　　近づく：靠近

句型　「～として」：作為～

しかし、一度に何もかも西洋と同じになることはできないので、せめて形だけでも同じにしたいと考え、政治や経済のしくみ はもちろん、文化の上でも西洋文化をやたらにとりいれました。ですから、そこにはいきすぎもあり、また日本風と西洋風のまじった奇妙な姿も出て来ました。（　②　）、それは「日本橋の文明開化」などといわれたように、都会だけのもので、いなかでは昔と同じ生活様式がいぜんとして残っていました。

中譯　但是，沒辦法一下子全部都變得和西方相同，所以想要至少在形式上弄得一樣，不用說政治和經濟的架構，在文化上也胡亂採用了西洋文化。所以，有的時候會太超過，或是出現日式和西式混雜的奇怪的樣子。而且，那就如被稱為「日本橋的文明開化」等等一樣，是僅限於都市的東西，在鄉下依然留著和過去相同的生活樣式。

單字　何もかも：一切　　　　　せめて：至少

　　　しくみ：結構、構造　　　やたら：胡亂、過分

　　　いぜん：依然、照舊

句型　「～はもちろん」：當然～、不用說～。

このようなわけで、新しい文化が全国にまで広まり、また日本の古い文化にとけこんで、借りるものでなく、本当の日本の新しい文化が生まれるためには、さらに何十かの年月が必要でした。

（学研『学習百科大事典』による）

中譯　就是這樣的原因，要新文化擴及全國，且融入日本古老的文化，不是借來的，而是孕育出真正的日本新文化，還需要數十年的歲月。

（出處為學研『學習百科大事典』）

單字　とけこむ：融入

問5　「①このままでは」とは、どういうことか。

（所謂的「繼續這樣」，指的是什麼事呢？）

1. 西洋の文化を取り入れていること

採用西洋文化的事

2. 鎖国を続けていること

持續鎖國的事

3. 世界のようすが変わっていること

世界的樣子改變中的事

4. ヨーロッパの国々の文化水準に近づこうとしていること

想要接近歐洲各國的文化水準的事

問6　（　②　）に入る<ruby>最<rt>もっと</rt></ruby>も<ruby>適当<rt>てきとう</rt></ruby>な<ruby>言葉<rt>ことば</rt></ruby>はどれか。

填入（②）最適合的字是哪一個呢？

1. そこで

　　於是

2. すると

　　結果

3. しかし

　　但是

4. しかも

　　而且

第一單元　言語知識（文字・語彙）

單字整理｜實力測驗｜解答解析

第二單元　言語知識（文法）

文法分析｜實力測驗｜解答解析

第三單元　讀解

閱讀解析｜實力測驗｜解答解析

第四單元　聽解

題型整理｜實力測驗｜解答解析

問題IV もんだい

> コンピューターによって代表されるような、機械による認識ということがよくいわれる。（ ① ）、コンピューター自身は人間のような高度の認識はしない。そこでは、外界からの情報をすべてデジタルなものに置きかえた結果を処理しているだけである。図形認識のような簡単なことさえ、現在のコンピューターにとってはたいへんな仕事である。人間の脳の働きのメカニズムにも、たしかにデジタル化された情報の処理という部分があり、②その重要性は否定できないが、人間の認識はもっと違った側面をもっていることを忘れてはならない。

中譯　常有人談到以電腦為代表的這一類從機械來的認知。但是，電腦本身不會有像人類那樣的高度認知。電腦裡，只是處理著把外界得來的資訊全部轉換為數位的東西的結果。就連圖形辨識這麼簡單的事情，對現在的電腦來說，也是非常不容易的工作。人腦的運作機制裡，的確也有處理數位化資訊這一個部分，其重要性不容否認，但是不可以忘記人類的認知擁有更不同的另一面。

單字　デジタル：數位　　　　　置きかえる：調換

　　　働き：作用　　　　　　　メカニズム：機制

句型　「～によって」：由於～。

　　　「～さえ」：連～。

　　　「～てはならない」：不可以～。

人間と機械との関係という課題をまえにして、物質文明に対する精神文化の立ち遅れを指摘する人が多い。（　①　）、物質と精神を単なるアンチテーゼとしてとらえるのでは、問題の解決の糸口は見いだされないであろう。人間が現実に「情報」として扱っているものは、一方では物質・エネルギーと別なものではなく、他方では精神的なものと離すことができない関係にある。精神の働きのメカニズムが物質の立場から徐々に解明されつつあるということ自体、精神文化の発達と別なことではない。物質も精神も独り歩きはしていないというところに、文化・文明といわれるものの成立、発展があるわけである。

（湯川秀樹『心ゆたかに』による）

中譯　面對著人類與機器的關係這個課題，很多人指出對於物質文明的精神文化之落後。但是，將物質與精神當作單純的對立去理解的話，是無法找出解決問題的線索吧！現實中，人類當作「訊息」來處理的東西，一方面和物質・能量並無不同，但另一方面又和精神上的東西脫離不了關係。精神的運作機制從物質的立場漸漸明朗的這件事情本身，和精神文化的發達並無不同。在物質和精神都不會獨走這一點上，被稱為文化・文明的東西，才會成立、發展。

（出處為湯川秀樹『使心靈富裕』）

單字　立ち遅れ：落後

アンチテーゼ：對照、對立

見いだす：找出、發現

單なる：僅、只

糸口：開端、線索

独り歩き：獨走、獨立發展

句型　「～をまえにして」：面對～。

「一方では」：另一方面～。

「～つつある」：持續～。

「～わけ」：所以～。

227

問7　（　①　）に入る最も適当な言葉はどれか。

（填入①最適合的字是哪一個呢？）

1. しかし

　但是

2. さて

　對了

3. なぜなら

　為什麼呢

4. そこで

　於是

問8　「②その重要性」とは何の重要性か。

所謂的「其重要性」，是什麼重要性呢。

1. 人間の脳の重要性

　人腦的重要性

2. コンピューターの重要性

　電腦的重要性

3. 情報処理の重要性

　資訊處理的重要性

4. デジタル化の重要性

　數位化的重要性

問題 V

> 「ありがとうございます」と「ありがとうございました」は、聞き手の行為に対して話し手が感謝していることを表す表現です。フランス語と中国語で同じ意味を表す表現は、それぞれ "Merci" と「謝謝」で、どちらについても、日本語のように異なった時制を用いることはできません。英語は "Thank you." で thank は動詞ですが、この表現は主語のない慣用句的なものですから、やはり "Thanked you." のように過去形を用いる表現はあり得ません。

中譯　「ありがとうございます」（謝謝）和「ありがとうございました」（謝謝了）都是說話者對於聽話者的行為表示感謝的表達。在法文和中文裡，相同意思的表達各為 "Merci" 和「謝謝」，無論哪一個，都不能像日文一樣使用不同的時態。英文的 "Thank you." 裡，thank雖然是動詞，但是這個表達是一個無主語的慣用句式的表達，所以還是不能用 "Thanked you." 這一類的過去式表達。

單字　それぞれ：各自　　　　　　　　あり得ない：不可能

句型　「～に対して」：對於～。

　　　「～について」：關於～。

一方、日本語には同じ意味を表す表現に非過去形と過去形の対立が可能なのですから、やはりそこには意味の違いが生じてくると考えるのが適当だろうと思います。例えば、これから車で駅まで送っていってくれると相手が申し出ている場合には、「ありがとうございます」と言うのが適切ですし、家族が入院中に、主治医や看護婦に対して、日常の治療や看護へのお礼を言う場合にも「ありがとうございます」を使うのが普通です。他方で、車で駅まで送ってくれて、車を降りるときには「ありがとうございました」であって「ありがとうございます」と言うことはありませんし、退院するときに医者や看護婦に感謝の気持ちを伝えるのならば、やはり「ありがとうございました」と言うのが適切です。

中譯 一方面，因為日文裡，表示相同意思的表達可以有非過去式和過去式的對立，所以認為意思的差異就是由此產生的，應該適當吧。例如，對方提出要開車送我們到車站時，要說「ありがとうございます」才適當，而家人住院中，對主治醫師及護士，要表達對於平日的治療及看護的謝意時，一般也說「ありがとうございます」。另一方面，對方開車送我們到車站，在下車時要說「ありがとうございました」，而不是說「ありがとうございます」，而出院時對醫生及護士表達謝意時，也是要說「ありがとうございました」才恰當。

單字 申し出る：提出

　　このような例から判断するならば、話し手が感謝する対象となる事柄が、未来に起きる場合、もしくは過去から現在を経て未来にまで継続する場合には、「ありがとうございます」という非過去形を用いるのが適切であり、感謝の対象である事柄が、現在よりも前に完了しているならば、「ありがとうございました」という過去形を用いるのが適切だということになると考えられます。

中譯　如果從這樣的例子來判斷的話，說話者感謝對象的這件事情，如果是未來才發生，或者從過去經過現在會持續到未來的情況，要使用「ありがとうございます」這樣的非過去式才適合，而若感謝對象的事情，在現在之前就已經完成的話，便要使用「ありがとうございました」這樣的過去式才適合。

單字　もしくは：或者

（　①　）、会合に出席した人たちに対して感謝する場合には、「本日はおいでくださり、ありがとうございます」とも「本日はおいでください、ありがとうございました」とも言うことができそうです。「会合に来る」という行為はすでに発話時点よりも前に完了しているのですから「ありがとうございました」という過去形が適切であるはずです。（　②　）、会合に来た結果必然的に生じる「会合の場所にいる」という事柄は発話時点においても継続していて、会合に来たことに感謝するのであれば、その結果として生じる事柄にも感謝の気持ちを持つのは当然です。このことから、「ありがとうございます」でも適切だと判断されるのだと考えることができます。

（アルク編集部編『外国人がよくきく日本語・日本事情Q&A』による）

中譯　但是，對於出席聚會的人表示謝意時，「本日はおいでくださり、ありがとうございます」和「本日はおいでくださり、ありがとうございました」（今天非常感謝大駕光臨）這二個說法看起來都可以。因為「來參加聚會」這個行為已經在說話的時間點前完成，所以「ありがとうございました」這樣的過去式應該適當。但是，來參加聚會的結果必然產生的「在聚會的場所」這件事情在說話時也持續著，所以如果對來參加聚會表示感謝的話，對於作為這個結果所產生的狀態表示謝意也是當然的。由此可判斷，「ありがとうございます」也是適當的說法。

（出處為ARUKU編輯部編輯的『外國人常問的日文及日本文化之原委Q&A』）

單字　会合：聚會

問9 日本語と英語で感謝を表す表現の違いについて、筆者はどう考えているか。

關於用日文和英文表示感謝的表達的差異，作者怎麼想呢？

1. 英語では慣用句的であるが、日本語では時制の対立である。

在英文裡是慣用句的說法，在日文裡則是時態的對立。

2. 英語には過去形がないから、過去形を用いる表現はあり得ない。

因為英文沒有過去式，所以不能用過去式表達。

3. 日本人は礼儀正しくて、細かく分けている。

日本人有很禮貌，所以分得很細。

4. 日本語には同じ意味を表す表現で、非過去形と過去形が対立しなければならない。

日文裡相同意思的表達，非過去式和過去式一定要對立。

問10 出席者に感謝する場合には、両方とも言えそうだと考えるのはなぜか。

為何向出席聚會的人表示謝意時，二個說法看起來都可以呢？

1. 感謝の気持ちを表そうと思うから。

因為想要表達謝意。

2. 会合に出席した人を大切にしているから。

因為想要珍惜出席聚會的人。

3. 「会合に来る」という行為の完了でも「会合の場所にいる」という事柄の継続でも適切だから。

因為無論「參加聚會」這個行為的完成或是「待在聚會場所」這個事情的繼續，二個解釋都適當。

4. 「本日」はまだ終わっていないから。

因為「今天」還沒結束。

233

問11 これから車で駅まで送っていってくれると相手が申し出ている場合と、退院するときに医者や看護婦に感謝の気持ちを伝える場合は、何と言うか。

對方提出接下來要開車送我們到車站，和出院時對醫生護士表達謝意時，要說什麼呢？

1. 「ありがとうございます」と言う。

說「ありがとうございます」。

2. 「ありがとうございました」と言う。

說「ありがとうございました」。

3. 前者は「ありがとうございます」と言うが、後者は「ありがとうございました」と言う。

前者要說「ありがとうございます」，後者要說「ありがとうございました」。

4. 前者は「ありがとうございました」と言うが、後者は「ありがとうございます」と言う。

前者要說「ありがとうございました」，後者要說「ありがとうございます」。

問12　（　①　）に入る最も適当な言葉はどれか。

填入（①）最適合的字是哪一個呢？

1. しかし

   但是（＊表逆態接續）

2. ただし

   但是（＊表補充說明）

3. すると

   結果

4. そこで

   於是

問13　（　②　）に入る最も適当な言葉はどれか。

（填入②最適合的字是哪一個呢？）

1. しかし

   但是（＊表逆態接續）

2. ただし

   但是（＊表補充說明）

3. すると

   結果

4. そこで

   於是

メ　モ

聽　　解

聽解準備要領

　　一般考生認為聽力測驗無從準備起。但其實能力測驗的考題有一定的規則，若能了解出題方向及測驗目的，還是有脈絡可循。本單元編寫時參考了坊間日語教材以及歷年考題，若讀者可以熟記第一單元裡的單字、以及本單元之題型，並依以下應試策略作答，聽力必定可以在短時間內提升，測驗也可得高分。

　　1. 專心聆聽每一題的提問

　　讀者們可能覺得這是囉嗦的叮嚀。但事實上許多考生應試時，常常下一題已經開始了，腦子還在想著上一題，往往就錯過了下一題的題目。而且若能一開始就聽懂問題，接下來就可以從對話中找答案了。所以請務必在下一題播出前，停止一切動作，專心聆聽。

　　2. 盡可能不做筆記

　　這樣的建議讀者可能會覺得有疑慮。但是能力測驗的聽力考試目的，是測驗考生能否了解整個對話內容，而非只是聽懂幾個單字。因此記下來的詞彙往往跟答案沒有直接的關係，而且記筆記會讓你分心，而讓你錯過關鍵字。所以若能做到「專心聆聽每一題的提問」，接下來只需要從對話中找答案。

　　3. 快速瀏覽下一題的圖或提示

　　第一大題的題與題之間停頓時間較久，作答完畢後通常還會有剩餘的時間。請利用這段時間快速瀏覽下一題的圖或提示。看看每個選項有何不同，想想上面的日期是幾號、飲料是咖啡還是果汁、鐘錶上的時間是幾點

等等。這可以幫助你快速複習每個相關字彙的日文說法，在對話中出現時才能馬上反應過來。

　　每一題的提問共有二次。一次在對話前、一次在對話後。不要等到對話結束後再聽題目要問什麼，這樣子的話，記再多筆記也沒幫助。而是在對話開始前就要聽懂。再次強調，請務必在第一次提問時就了解問題，然後從對話中找答案。

必考題型整理 ◎MP3-46

　　先前提到，聽力要高分，最重要的是要先聽懂題目。本節從歷屆考題中，選出出題頻率最高的疑問詞、並整理出最常見的題型。雖然每一年的考題都不同，但提問方式卻是大同小異。讀者只要可以瞭解以下句子的意思，應試時一定可以聽懂提問的問題。

　　若時間充裕，建議先將本書附贈之MP3聽過幾次，測試看看自己能掌握多少題目。然後再與以下中、日文對照，確實了解句意、並找出自己不熟悉的單字。切記，務必跟著MP3朗誦出來，大腦語言區才能完整運作，相信會有意想不到的效果。

一　どれ（哪個）

お母さんと女の子が話しています。お母さんが買ってほしいものは<u>どれ</u>ですか。 母親和女兒正在說話。母親想要她買的是哪一個呢？
男の人と女の人が話しています。2人が見ているグラフは<u>どれ</u>ですか。 男人和女人正在說話。二個人正在看的圖是哪一個呢？
女の人がお弁当の作り方を説明しています。この人が勧めている作り方は<u>どれ</u>ですか。 女人正在說明便當的作法。此人所建議的作法是哪一個呢？

娘が新しく買った水着を着て母親に見せています。娘が着ている水着はどれですか。

女兒正穿著新買的泳衣給母親看。女兒穿的泳衣是哪一件呢？

女の人と男の人が話しています。女の人がこれからすることとして最も適切なものはどれですか。

女人和男人正在說話。女人接著要做的事，最適當的是下列哪一個呢？

二　どの（哪個）

女の人が流行のスタイルについて説明しています。どの絵について話していますか。

女人正在說明關於流行的樣式。正在說明關於哪一幅圖呢？

男の人と女の人が話しています。どの車にしましたか。

男人和女人正在說話。決定了哪一部車呢？

アナウンサーがアンケート調査の結果について話しています。その内容に合っているのはどのグラフですか。

播報員正說著關於問卷調查的結果。符合該內容的是哪一個圖表呢？

男の人が会場へ行って何をするか話しています。どの順番でしますか。

男人正說著要去會場做什麼。依什麼順序進行呢？

男の人が女の人に頼んでいます。女の人はどの書類を渡しますか。

男人正在請女人幫忙。女人會交給他哪份文件呢？

男の人と女の人が車の中で話しています。2人はどの道を通りますか。

男人和女人正在車子裡說話。二個人會走哪條路呢？

三　どう（如何）

2人の男の人が話しています。会議室はどうなりますか。

二個男人正在說話。會議室會變成什麼樣子呢？

女の人と男の人が話しています。クーラーをつけるためには、どうしたらいいですか。

女人和男人正在說話。要開冷氣，該如何做才好呢？

四　どんな（怎樣的）

男の先生が子供たちにハイキングについて話しています。雨の時は、どんな格好をするのがいいと言っていますか。

男老師正和孩子們說著關於遠足的事。老師說下雨時要怎麼打扮才好呢？

女の人が自己紹介をしています。この人は近頃どんなことで困っていますか。

女人正在自我介紹。此人最近為何事困擾著呢？

五　何/何（什麼）

クリスマスプレゼントについて話しています。去年は何を贈った人が一番多かったですか。去年です。

正說著有關耶誕禮物。去年送什麼的人最多呢？是去年。

男の人と女の人がけんかをしています。けんかの原因は何ですか。

男人和女人正在吵架。吵架的原因是什麼呢？

六　どこ（哪裡）

ふたり おんな ひと はな
2人の女の人が話しています。田村さんは今どこにいますか。

二個女人正在說話。田村小姐現在正在哪裡呢？

せんせい しけん はんい はな
先生が試験の範囲について話しています。範囲はどこからどこまで
になりましたか。

老師正說著考試的範圍。範圍變成從哪裡到哪裡了呢？

七　どうして（為什麼）

おんな ひと おとこ ひと はな
女の人と男の人が話しています。男の人はどうして海外旅行に行か
なかったのですか。

女人和男人正在說話。男人為什麼沒去國外旅行呢？

八　誰（誰）

せんせい がくせい はな
先生と学生が話しています。駅へ迎えに行くのは誰ですか。

老師和學生正在說話。要去車站接人的是誰呢？

おんな ひと おとこ ひと はな
女の人と男の人が話しています。男の人は誰の結婚式へ行きますか。

女人和男人正在說話。男人要去參加誰的婚禮呢？

九　どのように（怎樣地）

男の人と女の人が話しています。2人はこれからどのように行きますか。

男人和女人正在說話。二個人接下來要怎麼走呢？

十　いくら（多少錢）

男の人が本を買いに来ました。全部でいくら払いましたか。

男人來買書。總共付了多少錢呢？

十一　何曜日、何番、何時
（星期幾、幾號、幾點）

男の人1人と女の人2人が、来週の仕事の相談をしています。3人が集まるのは何曜日になりましたか。

一個男人和二個女人正在討論下星期的工作。三個人聚集的時間，變成星期幾呢？

女の人が自動販売機について説明しています。ホットコーヒーは何番ですか。

女人正在說明關於自動販賣機。熱咖啡是幾號呢？

男の人と女の人が電話で話しています。男の人は訪問の時間を何時に変更しましたか。

男人和女人用電話正在說話。男人將拜訪的時間改為幾點呢？

實力測驗

問題１　◎MP3-47

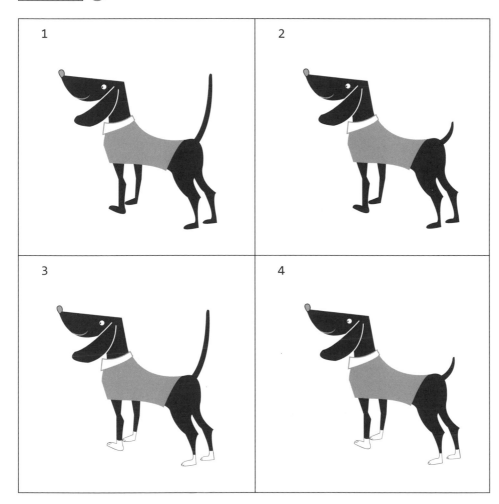

1

2

3

4

解答（　　）

問題 II ◎MP3-48

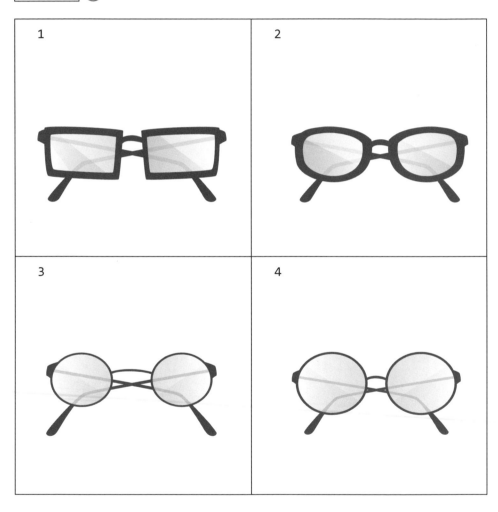

解答（　　）

問題Ⅲ　◎MP3-49

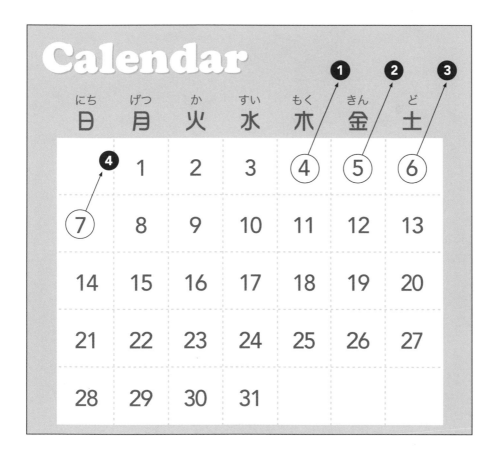

解答（　　）

247

問題IV ◉MP3-50

解答（　　）

問題 V　◎MP3-51

　　　　　　　　　　（絵などはありません）

　　　　　　　　　　　　　　　　　解答（　　）

問題 VI　◎MP3-52

　　　　　　　　　　（絵などはありません）

　　　　　　　　　　　　　　　　　解答（　　）

問題 VII　◎MP3-53

　　　　　　　　　　（絵などはありません）

　　　　　　　　　　　　　　　　　解答（　　）

解答

問題 I	4

問題 II	2

問題 III	1

問題 IV	3

問題 V	2

問題 VI	4

問題 VII	3

日文原文及中文翻譯

問題１　正解：4

女の人が飼っている犬がいなくなりました。女の人の犬はどれですか。

女：すみません、黒い犬、見ませんでしたか。

男：犬。見てないけど、どうしたの。

女：家に帰ったら、いなくなってたんです。

男：まだそのへんにいるんじゃない。あっ、ほら、あそこ。あれ。

女：違います。うちのは黒でも、足が白くて、それに、尻尾が短いんです。

男：そう。尻尾が短いの。

女の人の犬はどれですか。

女人養的狗不見了。女人的狗是哪一隻呢？

女：不好意思，沒有看見黑色的狗嗎？

男：狗？沒看到耶，怎麼了？

女：一回到家，就不見了。

男：該不會還在那一帶吧。啊！你看，在那邊。那隻。

女：不是。我家的狗雖然是黑的，但是腳是白的，而且尾巴很短。

男：那樣啊。尾巴是短的喔。

女人的狗是哪一隻呢？

問題II 正解：2

<ruby>女<rt>おんな</rt></ruby>の<ruby>人<rt>ひと</rt></ruby>と<ruby>男<rt>おとこ</rt></ruby>の<ruby>人<rt>ひと</rt></ruby>が<ruby>話<rt>はな</rt></ruby>しています。<ruby>女<rt>おんな</rt></ruby>の<ruby>人<rt>ひと</rt></ruby>はどのめがねにしましたか。

<ruby>女<rt>おんな</rt></ruby>：どのめがねにしようかしら。これ、どうですか。

<ruby>男<rt>おとこ</rt></ruby>：そうですね。このように<ruby>角<rt>かど</rt></ruby>のはっきりしたものだと、<ruby>顔<rt>かお</rt></ruby>の<ruby>丸<rt>まる</rt></ruby>みが<ruby>目立<rt>めだ</rt></ruby>って

　　しまうと<ruby>思<rt>おも</rt></ruby>いますよ。

<ruby>女<rt>おんな</rt></ruby>：そうですか。

<ruby>男<rt>おとこ</rt></ruby>：レンズが<ruby>小<rt>ちい</rt></ruby>さいものも、<ruby>顔<rt>かお</rt></ruby>を<ruby>大<rt>おお</rt></ruby>きく<ruby>見<rt>み</rt></ruby>せがちです。ですから、これなんか

　　おすすめです。

<ruby>女<rt>おんな</rt></ruby>：<ruby>縁<rt>ふち</rt></ruby>の<ruby>細<rt>ほそ</rt></ruby>いのは<ruby>年<rt>とし</rt></ruby>をとって<ruby>見<rt>み</rt></ruby>えるから、できれば<ruby>避<rt>さ</rt></ruby>けたいんです。

<ruby>男<rt>おとこ</rt></ruby>：それなら、これはいかがですか。

<ruby>女<rt>おんな</rt></ruby>：ええ、すてきですね。じゃ、それにします。

<ruby>女<rt>おんな</rt></ruby>の<ruby>人<rt>ひと</rt></ruby>はどのめがねにしましたか。

女人和男人在說話。女人選了哪付眼鏡呢？

女：要選哪付眼鏡呢？這個，如何呢？

男：這個嘛。我覺得像這樣四四方方的，會更顯得臉圓喔。

女：這樣呀。

男：鏡片小的，也容易讓臉看起來很大。所以，建議這個。

女：細框的看起來年紀大，所以盡可能想避免。

男：那樣的話，這個如何呢？

女：哇，好漂亮喔！那麼，就決定那個。

女人選了哪付眼鏡呢？

問題III 正解：1

女の人と男の人が新聞を見ながら、話しています。コンサートに行くのはいつですか。

女：来月、ピアノのコンサートがあるんだって。行ってみない。

男：いつ。

女：１１月の４日から７日。

男：何曜日。

女：７日が日曜だから、木、金、土、日ね。

男：何時から。

女：７時。でも、土曜と日曜は１時と７時の2回よ。あっ、金曜と土曜はもう売り切れだって。

男：そう。日曜日に出かけるのは、あんまり気が進まないな。

女：じゃあ、あの日しかないわね。

男：そうだね。

いつ、コンサートに行くことになりましたか。

女人和男人邊看著報紙邊在聊天。去聽演奏會是什麼時候呢？

女：聽說下個月有鋼琴演奏會。要不要去聽聽？

男：什麼時候？

女：十一月的四號到七號。

男：星期幾？

女：七號是星期天，所以是星期四、五、六、日。

男：幾點開始？

女：七點。但是，星期六和星期日是一點和七點二場喔！啊！星期五、星期六據說已經售完了。

男：是喔！星期天我不太想出門耶。

女：那麼就只能那天囉！

男：是啊！

變成什麼時候要去聽演奏會呢？

もんだい
問題IV　　正解：3

<ruby>男<rt>おとこ</rt></ruby>の<ruby>人<rt>ひと</rt></ruby>が<ruby>朝<rt>あさ</rt></ruby><ruby>起<rt>お</rt></ruby>きてからすることについて<ruby>話<rt>はな</rt></ruby>しています。<ruby>男<rt>おとこ</rt></ruby>の<ruby>人<rt>ひと</rt></ruby>はどの<ruby>順番<rt>じゅんばん</rt></ruby>でします か。

<ruby>男<rt>おとこ</rt></ruby>：<ruby>朝<rt>あさ</rt></ruby>、<ruby>6時30分<rt>ろくじさんじゅっぷん</rt></ruby>に<ruby>起<rt>お</rt></ruby>きます。そして<ruby>近<rt>ちか</rt></ruby>くの<ruby>公園<rt>こうえん</rt></ruby>の<ruby>周<rt>まわ</rt></ruby>りを<ruby>30分<rt>さんじゅっぷん</rt></ruby>ぐらい<ruby>走<rt>はし</rt></ruby>っ てから、<ruby>家<rt>うち</rt></ruby>でシャワーを<ruby>浴<rt>あ</rt></ruby>びます。そのあと、<ruby>出勤<rt>しゅっきん</rt></ruby>までコーヒーを<ruby>飲<rt>の</rt></ruby>みな がら、<ruby>新聞<rt>しんぶん</rt></ruby>を<ruby>読<rt>よ</rt></ruby>みます。あっ、<ruby>朝<rt>あさ</rt></ruby>ご<ruby>飯<rt>はん</rt></ruby>は<ruby>家<rt>うち</rt></ruby>では<ruby>食<rt>た</rt></ruby>べません。<ruby>公園<rt>こうえん</rt></ruby>の<ruby>側<rt>そば</rt></ruby>にあ る<ruby>喫茶店<rt>きっさてん</rt></ruby>のモーニングサービスが<ruby>安<rt>やす</rt></ruby>くておいしいので、ジョギングが<ruby>終<rt>お</rt></ruby> わった<ruby>後<rt>あと</rt></ruby>、そこで<ruby>食<rt>た</rt></ruby>べてから<ruby>家<rt>うち</rt></ruby>に<ruby>戻<rt>もど</rt></ruby>ります。

<ruby>男<rt>おとこ</rt></ruby>の<ruby>人<rt>ひと</rt></ruby>はどの<ruby>順番<rt>じゅんばん</rt></ruby>でしますか。

男人正說著起床後做什麼。男人用哪種順序進行呢？

男：我早上都六點三十分起床。然後繞著附近的公園跑三十分鐘左右，回家後洗 澡。之後，邊喝咖啡邊讀報紙直到出門上班。啊！早飯我不在家裡吃。因為 公園旁有家咖啡廳裡的超值早餐又便宜又好吃，所以我慢跑後，在那裡吃完 早飯再回家。

男人用哪種順序進行呢？

問題Ⅴ　正解：2

<ruby>女<rt>おんな</rt></ruby>の<ruby>人<rt>ひと</rt></ruby>が<ruby>今<rt>いま</rt></ruby>まで<ruby>住<rt>す</rt></ruby>んだ<ruby>場所<rt>ばしょ</rt></ruby>について<ruby>話<rt>はな</rt></ruby>しています。<ruby>女<rt>おんな</rt></ruby>の<ruby>人<rt>ひと</rt></ruby>が<ruby>育<rt>そだ</rt></ruby>ったのはどこですか。

<ruby>男<rt>おとこ</rt></ruby>：<ruby>森下<rt>もりした</rt></ruby>さん、ご<ruby>出身<rt>しゅっしん</rt></ruby>はどちらですか。

<ruby>女<rt>おんな</rt></ruby>：<ruby>私<rt>わたし</rt></ruby>、<ruby>生<rt>う</rt></ruby>まれたのは<ruby>京都<rt>きょうと</rt></ruby>なんですけど、<ruby>生<rt>う</rt></ruby>まれてすぐ<ruby>東京<rt>とうきょう</rt></ruby>に<ruby>引<rt>ひ</rt></ruby>っ<ruby>越<rt>こ</rt></ruby>しましたから、<ruby>京都<rt>きょうと</rt></ruby>のことは<ruby>何<rt>なに</rt></ruby>も<ruby>覚<rt>おぼ</rt></ruby>えていないんです。

<ruby>男<rt>おとこ</rt></ruby>：で、それからずっと<ruby>東京<rt>とうきょう</rt></ruby>で。

<ruby>女<rt>おんな</rt></ruby>：ええ、<ruby>会社<rt>かいしゃ</rt></ruby>に<ruby>入<rt>はい</rt></ruby>って<ruby>大阪<rt>おおさか</rt></ruby>に<ruby>移<rt>うつ</rt></ruby>るまで。

<ruby>男<rt>おとこ</rt></ruby>：そうですか。

<ruby>女<rt>おんな</rt></ruby>の<ruby>人<rt>ひと</rt></ruby>が<ruby>育<rt>そだ</rt></ruby>ったのはどこですか。

1. <ruby>京都<rt>きょうと</rt></ruby>です。
2. <ruby>東京<rt>とうきょう</rt></ruby>です。
3. <ruby>大阪<rt>おおさか</rt></ruby>です。
4. <ruby>名古屋<rt>なごや</rt></ruby>です。

女人說著到目前為止住過的地方。女人是在哪裡長大的呢？

男：森下小姐，您是哪裡人呢？

女：我出生是在京都，不過因為出生後馬上就搬到東京了，所以對京都完全沒印象。

男：那麼，之後就一直在東京？

女：是呀，直到進公司搬到大阪為止。

男：那樣啊。

女人是在哪裡長大的呢？

1. 京都
2. 東京
3. 大阪
4. 名古屋

問題VI 　正解：4

ラジオの天気予報です。あしたの気温は、いつもの年と比べてどうですか。

今日は気温が最高３０度まで上がり、暑い一日となりました。あしたは今日より３度ほど下がりますが、それでもまだいつもの年より5度ほど高い気温です。

あしたの気温は、いつもの年と比べてどうですか。

1. ３度ほど低いでしょう。
2. ３度ほど高いでしょう。
3. 5度ほど低いでしょう。
4. 5度ほど高いでしょう。

收音機的氣象預報。明天的氣溫，和往年相比如何呢？

今天氣溫最高升到三十度，是炎熱的一天。雖然明天會比今天低三度左右，但是還是比往年高五度左右。

和往年相比，明天的氣溫如何呢？

1. 低三度左右。
2. 高三度左右。
3. 低五度左右。
4. 高五度左右。

問題VII（もんだい） 正解：3

女（おんな）の人（ひと）が仕事（しごと）の時間（じかん）について話（はな）しています。彼女（かのじょ）が実際（じっさい）に働（はたら）いているのは、だいたい何時間（なんじかん）ですか。

女：私（わたし）の仕事（しごと）は、８時３０分（はちじさんじゅっぷん）から5時３０分（ごじさんじゅっぷん）までということになっているんですが、実際（じっさい）には5時３０分（ごじさんじゅっぷん）に終（お）わるということはめったにありません。たいてい８時３０分（はちじさんじゅっぷん）ごろまで残業（ざんぎょう）します。朝８時３０分（あさはちじさんじゅっぷん）からですから、会社（かいしゃ）にいる時間（じかん）は１２時間（じゅうにじかん）にもなります。もっとも、昼休（ひるやす）みは１２時（じゅうにじ）から2時（にじ）までですから、それほど大変（たいへん）ではありませんが。

女（おんな）の人（ひと）が実際（じっさい）に働（はたら）いているのは、だいたい何時間（なんじかん）ですか。

1. 5時間半（ごじかんはん）ぐらいです。
2. ８時間半（はちじかんはん）ぐらいです。
3. 10時間（じゅうじかん）ぐらいです。
4. １２時間（じゅうにじかん）ぐらいです。

女人正說著工作時間。她實際的工作時間大約幾個小時呢？

女：我的工作是八點三十分到五點三十分，不過實際上幾乎沒有在五點三十分下班的情形。大致上都會加班到八點三十分左右。因為是早上八點三十分開始，所以待在公司的時間長達十二小時。不過因為午休是從十二點到二點，所以也沒那麼累啦！

女人實際的工作時間大約幾個小時呢？

1. 五個半小時左右。
2. 八個半小時左右。
3. 十小時左右。
4. 十二小時左右。

メ　モ

新日檢N2
「Can-do」檢核表

日語學習最終必須回歸應用在日常生活，在聽、說、讀、寫四大能力指標中，您的日語究竟能活用到什麼程度呢？本附錄根據JLPT官網所公佈之「日本語能力測驗Can-do自我評價調查計畫」所做的問卷，整理出75條細目，依「聽、說、讀、寫」四大指標製作檢核表，幫助您了解自我應用日語的能力。

聽

目標：在日常生活及一些更廣泛的場合下，以接近自然的速度聽取對話或新聞，能理解話語的內容、對話人物的關係、掌握對話要義。

□ 1. 政治や経済などについてのテレビのニュースを見て、要点が理解できる。

　　在電視上看到政治或經濟新聞，可以理解其要點。

□ 2. 仕事や専門に関する問い合わせを聞いて、内容が理解できる。

　　聽到與工作或是專長相關的詢問，可以理解其內容。

□ 3. 社会問題を扱ったテレビのドキュメンタリー番組を見て、話の要点が理解できる。

　　觀賞電視上有關社會問題的紀錄片節目，可以理解其故事的要點。

□ 4. あまりなじみのない話題の会話でも話の要点が理解できる。

　　即使是談論不太熟悉的話題，也可以理解其對話的重點。

□ 5. フォーマルな場（例：歓迎会など）でのスピーチを聞いて、だいたいの内容が理解できる。

　　在正式場合（例如迎新會等）聽到演說，可以理解其大致的內容。

□ 6. 最近メディアで話題になっていることについての会話で、だいたいの
内容が理解できる。

從最近在媒體上引起話題的對話中，能夠大致理解其內容。

□ 7. 関心あるテーマの議論や討論で、だいたいの内容が理解できる。

對於感興趣的主題，在討論或辯論時，可以大致理解其內容。

□ 8. 学校や職場の会議で、話の流れが理解できる。

在學校或工作場合的會議上，可以理解其對話的脈絡。

□ 9. 関心あるテーマの講義や講演を聞いて、だいたいの内容が理解できる。

對於感興趣的講課或演講，可以大致理解其內容。

□ 10. 思いがけない出来事（例：事故など）についてのアナウンスを聞い
てだいたい理解できる。

聽到出乎意料之外的事（例如意外等）的廣播，可以大致理解其內容。

□ 11. 身近にある機器（例：コピー機）の使い方の説明を聞いて、理解
できる。

聽到關於日常生活中常用機器（例如影印機）的使用說明，可以聽得
懂。

□ 12. 身近で日常的な話題についてのニュース（例：天気予報、祭り、
事故）を聞いて、だいたい理解できる。

聽到關於日常生活的新聞（例如天氣預報、祭典、意外），大致可以理
解。

□ 13. 身近で日常的な内容のテレビ番組（例：料理、旅行）を見て、だい
たい理解できる。

看到關於日常生活的電視節目（例如料理、旅行），大致可以理解。

□ 14. 店での商品の説明を聞いて、知りたいこと(例：特徴など)がわかる。

在商店聽取商品的介紹，可以聽懂想了解的重點（例如特徵等）。

□ 15. 駅やデパートのアナウンスを聞いて、だいたい理解できる。

聽到車站或百貨公司的廣播，可以大致理解。

□ 16. 身近で日常的な話題（例：旅行の計画、パーティーの準備）につい
ての話し合いで、話の流れが理解できる。

聊到關於日常生活的話題（例如旅行計畫、宴會準備），可以理解話題
的脈絡。

□ 17. アニメや若者向け映画のような単純なストーリーのテレビドラマや
映画を見て、だいたいの内容が理解できる。

看動畫或是給年輕人看的情節單純的連續劇或是電影，可以大致理解
其內容。

□ 18. 標準的な話し方のテレビドラマや映画を見て、だいたい理解できる。

看發音、用語標準的連續劇或是電影，可以大致理解其內容。

□ 19. 周りの人との雑談や自由な会話で、だいたいの内容が理解できる。

跟身邊的人談天或對話，可以大致理解其對話內容。

說

目標：1. 可以有條理地陳述意見、發表演說闡明論點。

　　　2. 日常生活與他人溝通無礙。

□ 1. 関心ある話題の議論や討論に参加して、意見を論理的に述べることが
できる。

可以加入討論或辯論有興趣的話題，有條理地陳述意見。

□ 2. 思いがけない出来事（例：事故など）の経緯と原因について説明する
ことができる。

可以陳述意料之外的事（例如意外等）的來龍去脈和原因。

□ 3. 相手や状況に応じて、丁寧な言い方とくだけた言い方が使い分けられ
る。

可以根據對象或狀況，區分使用較有禮貌以及較輕鬆的說法。

□ 4. 最近メディアで話題になっていることについて質問したり、意見を
言ったりすることができる。

可以針對最近在媒體上引起話題的事物提出問題或是陳述意見。

□ 5. 準備をしていれば、自分の専門の話題やよく知っている話題について
プレゼンテーションができる。

如果經過準備，就可以公開演說自己的專長領域或熟悉話題。

□ 6. 使い慣れた機器（例：自分のカメラなど）の使い方を説明することが
できる。

可以說明自己慣用機器（例如自己的相機等）的使用方法。

□ 7. クラスのディスカッションで、相手の意見に賛成か反対かを理由とと
もに述べることができる。

在課堂的討論中，可以陳述贊成或反對對方的理由。

□ 8. アルバイトや仕事の面接で、希望や経験を言うことができる（例：勤務時間、経験した仕事）。

　　打工或正職的面試中，可以陳述希望或經歷（例如工時、工作經歷）。

□ 9. 旅行中のトラブル（例：飛行機のキャンセル、ホテルの部屋の変更）にだいたい対応できる。

　　旅行途中遇到狀況（例如航班取消、飯店房間變更），大致可以應付。

□ 10. 最近見た映画や読んだ本のだいたいのストーリーを紹介することができる。

　　最近看的電影或是閱讀的書，可以大致介紹其故事內容。

□ 11. 旅行会社や駅で、ホテルや電車の予約をすることができる。

　　可以在旅行社或車站預約飯店或是預購車票。

□ 12. 準備をしていれば、自分の送別会などフォーマルな場で短いスピーチをすることができる。

　　如果經過準備，可以在自己的歡送會等正式場合做簡短的演說。

□ 13. よく知っている場所の道順や乗換えについて説明することができる。

　　可以向人說明熟悉的地點的路線或是轉乘方式。

□ 14. 友人や同僚と、旅行の計画やパーティーの準備などについて話し合うことができる。

　　可以和朋友或是同事就旅行計畫或是籌備宴會進行討論。

□ 15. 体験したこと（例：旅行、ホームステイ）とその感想について話すことができる。

　　可以陳述對於體驗過的事物（例如旅行、寄宿家庭）和其感想。

□ 16. 店で買いたいものについて質問したり、希望や条件を説明したりすることができる。

　　在商店可以對於想買的物品提出詢問，或是說明需求或條件。

□ 17. 電話で遅刻や欠席の連絡ができる。

　　遲到、缺席時，可以用電話聯繫。

□ 18.相手^{あいて}の都合^{つごう}を聞^きいて、会^あう日時^{にちじ}を決^きめることができる。

可以詢問對方的狀況，決定約會的日程。

□ 19.身近^{みぢか}で日常的^{にちじょうてき}な話題^{わだい}（例^{れい}：趣味^{しゅみ}、週末^{しゅうまつ}の予定^{よてい}）について会話^{かいわ}が

できる。

對於日常生活的話題（例如興趣、週末的預定事項），可以進行對談。

讀

> 目標：1. 對於議題廣泛的報紙、雜誌報導、解說、或是簡單的評論等主旨清晰的文章，閱讀後理解其內容。
>
> 2. 閱讀與一般話題相關的讀物，理解文脈或意欲表現的意圖。
>
> 3. 與一般日常生活相關的文章，即便難度稍高，只要調整敘述方式，就能理解其概要。

☐ 1. 論説記事（例：新聞の社説など）を読んで、主張・意見や論理展開が理解できる。

閱讀論述性的報導（例如報紙社論等），可以理解其主張、意見或是論點。

☐ 2. 政治、経済などについての新聞や雑誌の記事を読んで、要点が理解できる。

閱讀政治、經濟等報章雜誌報導，可以理解其要點。

☐ 3. 仕事相手からの問い合わせや依頼の文書を読んで、理解できる。

可以閱讀並理解工作上接收到的詢問或請託文件。

☐ 4. 敬語が使われている正式な手紙やメールの内容が理解できる。

可以理解使用敬語的正式書信或電子郵件內容。

☐ 5. 人物の心理や話の展開を理解しながら、小説を読むことができる。

可以在理解書中角色的心理或是對話的脈絡中閱讀小說。

☐ 6. 自分の仕事や関心のある分野の報告書・レポートを読んで、だいたいの内容が理解できる。

閱讀與自身工作相關或是感興趣領域的報告，可以大致理解其內容。

☐ 7. 一般日本人向けの国語辞典を使って、ことばの意味が調べられる。

能使用一般日本人用的「國語辭典」，查詢字詞的意思。

□ 8. 関心のある話題についての専門的な文章を読んで、だいたいの内容が理解できる。

閱讀自己感興趣的專門領域的文章，可以大致理解其內容。

□ 9. エッセイを読んで、筆者の言いたいことがわかる。

閱讀散文，可以了解作者想表達的事物。

□ 10. 電子機器（例：携帯電話など）の新しい機能であっても、取扱説明書を読んで、使い方がわかる。

電子用品（例如手機等）即使有新功能，只要閱讀說明書就會使用。

□ 11. 家庭用電化製品（例：洗濯機など）の取扱説明書を読んで、基本的な使い方がわかる。

閱讀家電（例如洗衣機等）的使用說明書，可以知道基本的使用方式。

□ 12. 身近で日常的な話題についての新聞や雑誌の記事を読んで、内容が理解できる。

閱讀報紙或雜誌中與日常生活相關的報導，可以理解其內容。

□ 13. 旅行のガイドブックや、進学・就職の情報誌を読んで、必要な情報がとれる。

可以閱讀旅遊導覽書或升學、就業資訊雜誌，擷取需要的資訊。

□ 14. 生活や娯楽（例：ファッション、音楽、料理）についての情報誌を読んで、必要な情報がとれる。

可以閱讀生活或娛樂（例如時尚、音樂、料理）的資訊雜誌，擷取需要的資訊。

□ 15. 商品のパンフレットを見て、知りたいこと（例：商品の特徴など）がわかる。

可以閱讀商品簡章，並了解想知道的內容（例如商品的特徵等）。

□ 16. 図鑑などの絵や写真のついた短い説明を読んで、必要な情報がとれる。

可以從圖鑑等的圖片或照片的簡短說明，擷取需要的資訊。

□ 17.短い物語を読んで、だいたいのストーリーが理解できる。

閱讀簡短的故事，大致可以理解其內容。

□ 18.学校、職場などの掲示板を見て、必要な情報（例：講議や会議のスケジュールなど）がとれる。

可以從學校、職場的公佈欄上，擷取必要的資訊（例如授課或會議的日程等）。

寫

□ 1.論理的に意見を主張する文章を書くことができる。

　　可以書寫表達自我意見的論說文。

□ 2.目上の知人（例：先生など）あてに、基本的な敬語を使って手紙や
メールを書くことができる。

　　可以使用基本敬語，寫信或電子郵件給熟識的長輩（例如老師等）。

□ 3.料理の作り方や機械の使い方などの方法を書いて伝えることができ
る。

　　可以寫下製作料理的步驟或是機器的使用方式並教導他人。

□ 4.自分の仕事内容または専門的関心（例：研究テーマなど）について簡
単に説明することができる。

　　可以簡單說明自己的工作內容或是專業上的興趣（例如研究主題等）。

□ 5.自分の送別会などでの挨拶スピーチの原稿を書くことができる。

　　可以寫出在自己的歡送會上等發表謝辭的稿子。

□ 6.自分の関心のある分野のレポートを書くことができる。

　　可以撰寫自己感興趣領域的報告。

□ 7.思いがけない出来事（例：事故など）について説明する文章を書くこ
とができる。

　　可以寫出說明出乎意料之外的事（例如意外等）的文章。

□ 8.自国の文化や習慣（例：祭りなど）を紹介するスピーチの原稿を書く
ことができる。

　　可以寫出介紹自己國家文化或習慣（例如祭典等）的稿子。

□ 9.複数の情報や意見を自分のことばでまとめて、文章を書くことができる。

可以用自己的語言統整各種資訊及意見，並書寫文章。

□ 10.学校や会社への志望理由などを書くことができる。

可以撰寫升學或就業的意願及其理由。

□ 11.理由を述べながら、自分の意見を書くことができる。

可以一邊闡述理由，一邊書寫自己的意見。

□ 12.最近読んだ本や見た映画のだいたいのストーリーを書くことができる。

可以書寫最近閱讀的書或是看的電影的大致情節。

□ 13.自分が見た場面や様子を説明する文を書くことができる。

可以將自己的見聞用說明文敘述。

□ 14.学校、ホテル、店などに問い合わせの手紙やメールを書くことができる。

可以書寫對學校、飯店、商店等的詢問信函或電子郵件。

□ 15.知人に、感謝や謝罪を伝えるメールや手紙を書くことができる。

可以對熟識的人，書寫表達感謝或致歉的電子郵件或信函。

□ 16.自分の日常生活を説明する文章を書くことができる。

可以用說明文紀錄自己的日常生活。

□ 17.体験したことや、その感想について、簡単に書くことができる。

可以簡單撰寫體驗過的事物或感想。

□ 18.インターネット上で予約や注文をすることができる。

可以使用網路完成預約或訂購。

□ 19.友人や同僚に日常の用件を伝える簡単なメモを書くことができる。

可以書寫簡單的便箋，將日常事項傳達給朋友或同事。

メ　モ

國家圖書館出版品預行編目資料

一考就上！新日檢N2全科總整理 新版 / 林士鈞著
--修訂二版-- 臺北市：瑞蘭國際, 2024.01
272面；17×23公分 --（檢定攻略系列；86）
ISBN：978-626-7274-82-8（平裝）
1. CST：日語 2. CST：能力測驗

803.189   112022762

檢定攻略系列 86

一考就上！新日檢N2全科總整理 新版

作者｜林士鈞・責任編輯｜王愿琦、葉仲芸
校對｜林士鈞、王愿琦、葉仲芸

特約審訂｜こんどうともこ
日語錄音｜こんどうともこ、今泉江利子、野崎孝男
錄音室｜不凡數位錄音室、純粹錄音後製有限公司
封面設計｜劉麗雪、陳如琪・版型設計｜張芝瑜
內文排版｜陳如琪、帛格有限公司、余佳憓・美術插畫｜鄭名娣

瑞蘭國際
董事長｜張暖彗・社長兼總編輯｜王愿琦
編輯部
副總編輯｜葉仲芸・主編｜潘治婷
設計部主任｜陳如琪
業務部
經理｜楊米琪・主任｜林湲洵・組長｜張毓庭

法律顧問｜海灣國際法律事務所　呂錦峯律師

出版社｜瑞蘭國際有限公司・地址｜台北市大安區安和路一段104號7樓之一
電話｜(02)2700-4625・傳真｜(02)2700-4622・訂購專線｜(02)2700-4625
劃撥帳號｜19914152 瑞蘭國際有限公司・瑞蘭國際網路書城｜www.genki-japan.com.tw

總經銷｜聯合發行股份有限公司・電話｜(02)2917-8022、2917-8042
傳真｜(02)2915-6275、2915-7212・印刷｜科億印刷股份有限公司
出版日期｜2024年01月初版1刷・定價｜480元・ISBN｜978-626-7274-82-8